「えッ？　なんで？」
目が覚めた時、私……
エルトリーデはベッドにいた。
死に戻りの悪役令嬢は、二度目の人生ですべてを幸せにしてみせる
1
岡沢六十四
Illustrated by YOHAKU

キストハルト
王太子。頭脳明晰、容姿端麗と非の打ちどころがない。
ノーア
エルトリーデの専属メイド。
エルトリーデ
唯一魔法が使えない貴族令嬢。悪逆の限りを尽くし処刑されたがなぜか10年前に回帰した。

ガトウ
王都の裏社会を牛耳る
ゴロツキ達の元締め。
アデリーナ
伯爵令嬢。王太子妃
有力候補の一人。

「私に貴族の義務を果たさせてはくれませんか？」
「今こそ私はアナタたちへの恩返しを実行したい」
私がそこまで言い終えると、
耳にかすかな音が届く。
パチパチと乾いた音。
しかしそれは時置かず 数重なり、
轟音となり、津波のようなボリュームで
私の体全体へと押し寄せてきた。

岡沢六十四
Illustrated by YOHAKU
死に戻りの悪役令嬢は、
二度目の人生で
すべてを幸せにしてみせる
1

Contents

The Villainess who returns to death tries
to make everything happy in her second life.

プロローグ　悪役令嬢、断罪死する

「エルデンヴァルク公爵家令嬢エルトリーデ。キミの罪はもはや隠し立てはできない。今をもってキミを我が婚約者候補から除外する」

無慈悲な声がそう告げる。

私……エルトリーデをずらりと囲む屈強な兵士たち。

それは私を守るためというより……逃さぬためにそうしているのだろう。

「私の罪とは何のことでしょう？」

逃れきれない。

そう思いつつもせめてもの虚勢を張る。

「いつものように、私に魔力のないことが罪ですか？　それこそが引っ立てられて牢屋《ろうや》に繫《つな》がれなければならないほどの罪だと？」

「違う、そんなことじゃない」

そう答える青年は、キラキラと金髪を煌《きら》めかせながら、それでもその端整な顔立ちを沈痛そうに歪《ゆが》めていた。

金糸で豪勢に飾られた衣装も、今日だけは輝きがくすんでいるように見える。

私を責め立てる、この太陽よりも輝かしい人こそ王太子キストハルト。

私が憧れ、いかなる手段を用いてでも嫁ごうとした御方《おかた》。

「キミの罪は、みずからの競争相手というべき婚約者候補たちを不当な手段をもって陥れたことだ。ボヌクート侯爵家のフワンゼ伯爵家のアデリーナ嬢は社会的信用を失って修道院に追いやられた。ファンソワーズ嬢は、今もケガでベッドから起き上がれない」

「どちらもご自身の迂闊《うかつ》さが招いたことですわ。私に関係はありません」

「セリーヌ辺境伯令嬢の暗殺未遂についてもか？」

その指摘に私は反論ができず、息を呑《の》む。

これまで証拠を残さず、すべて上手《うま》くいっていたというのに。今回だけはしくじった。

こうして現場を押さえられ、証拠と言える物件も向こうに押さえられている。

頭では否定しようとしても、どうしようもなくわかっている。

もう何もかも終わりなのだと。

「たしかにこれまでの件は、疑惑があっても決定的な証拠はなかった。そのせいで我々も本格的に追及できなかった。だからと言って調子に乗りすぎたな。これだけ怪しめばこちらだって相応の準備をしている。キミはみずから罠《わな》に飛び込んだということだ」

「罠、ですか……。未来の国王ともあろう御方が姑息《こそく》なこと……」

その瞬間、意識においても決定的に、もはやこれまでと悟った。

私の中でどこかの留め金が外れた。

「何故《なぜ》こんなことをしたのか、オレには聞く権利があると思う」

「別に、聞かなくてもわかるでしょう？」

もはや心の箍《たが》もなく、私は彼を正面から睨《にら》みつける。

貴族の作法からすれば、王太子を断りなく直視するなど不敬の極み。でももうそんなことは関係ない。

私はもう貴族ではなく、憎まれるべき罪人でしかないのだから。

でも私を罪人に追い込んだのは誰？

私一人がすべて悪かったとでも言うつもり？

「こうでもしなければ私は、アナタの妃《きさき》になることなどできなかったわ。『魔力なし』と嘲られる私が、アナタに選ばれるには魔力を持った他の令嬢を全員排除する以外方法はない」

「そこまでしてオレの妻になりたいか？　他人の血を流すほどの価値が、王太子妃の座にあるとはオレには思えない」

「地位も魔力も、何もない人間であればそうだったでしょうね。でも違う。私は『魔力なし』でありながら公爵家などに生まれてしまった。こんな歪《いびつ》な状態であったから私は自分の価値を証明しなければならなかったのよ！」

そう、我が身のなんと哀れなことか。

魔力もないくせに、国内屈指の高位貴族であるエルデンヴァルク公爵家の長女に生まれてしまった。

「そのせいですべての人間から蔑まれなければならなかった私の気持ちなど、王子様にはわからないわ！　生まれた時からすべてに恵まれていた王太子様なんかにはね!!」

「そんなオレに、キミは嫁ごうとしていたのか？」

「ええそうよ！　アナタのことなんか愛していなくても王太子妃の地位には興味があったからね！」

そこまで言うとキストハルト王太子は痛ましげに顔をそらして、それから手を振った。

イヌでも追い払うように。

それに呼応して周囲の兵士が私を摑《つか》んできた。

「放しなさいよ無礼者!!」

しかし、もう私の言うことを聞く者など誰もいない。

かろうじてあった公爵令嬢としての威厳も跡形もなく吹き飛び、もはやただの罪人として引っ立てられていく。

事実上、その瞬間貴族としての私は終わりを迎えたのだろう。

公爵令嬢エルトリーデとしての人生は、終わりを迎える。

いいえ、実際はもっとずっと以前から終わっていた。それを今、どう足搔《あが》いても目をそらせないように突きつけられただけなのかもしれない。

自分に魔力がないとわかったその時から。

私の人生はとっくに終わっていたのだ。

◆

この国の貴族であれば誰でも魔力を持っている。

遥《はる》か昔、私たちの住むスピリナル王国が建国された折、初代国王が神なる精霊に祝福されたことから、そのルールは始まるらしい。

ゆえにこの国の王の血に連なる者はすべて魔法が使え、その血統を分け与えられた貴族もまた魔法を使うことができる。

その中で例外が生まれた。

それがこの私、エルトリーデ。

この国の中でも特に古い歴史を持つエルデンヴァルク公爵の娘に生まれながら、私には魔法が使えなかった。

魔法を使う源である魔力がなかった。

そのために私は、ずっと見下されて生きてきた。

魔法の使えない出来損ない。貴族の血の入っていないニセモノだと。

私が生まれたせいで両親は仲が悪くなって、私が物心ついた時にはすっかり冷めきっていた。

母は浮気を疑われ、貴族でもない平民の子を孕《はら》んだのではないかと。だから生まれた子ども『魔力なし』なのだと。

私自身も同じ年の子どもたちから『ブタの子ども』となじられてきた。

魔法が使えないのなら貴族の子であるはずがない、ブタが生んだ子どもだろうと。

大人たちからは直接的な罵倒こそなかったものの、いつだって冷めた視線が送られてきた。

『何故お前がここにいるんだ？』『お前はここにいるべきではないだろう』と。

私は、その罵倒や冷遇に反発してきた。

だって私はエルデンヴァルク公爵家の令嬢なのだから。

長い歴史を刻んできた大家の娘であるのに、何故魔法が使えないだけでゴミのように扱われなければならないの。

私にも貴族の資格はあるのだと。高貴な血を受けて生まれてきたのだと反論するように生きてきた。

そんな中で起こったのが、王太子キストハルト様のお妃選び。

私はこの話に飛びついた。

王太子妃に選ばれたら誰も私を出来損ないとは言わない。

自分が貴族の子であること、高貴なる血筋を受け継いでいることを証明する最大の機会だと。

だからこそ私は婚約者候補に名乗りを上げた。

両親はやはり止めたけれど、その反対を押し切って私は参加した。

貴族としての高貴さは、魔力の強さと同等。

だからこそ『魔力なし』の私が王太子妃の座を掴む可能性は万に一つしかない。

誰もが『無理だ』と蔑む中で私は懸命に目的に向かって走り続けた。

でも結局、魔力の面で大きく劣った私がとれる手段は、汚いものしかなかった。

私が王太子妃となるためには、同じように王子様の伴侶の座を求める数多くの令嬢たちと競い合い、もっとも優れていることを証明しないといけない。

その令嬢たちすべてが優秀な魔法使い。

貴族の誇りが魔法の優秀さと結びつくこの国で、魔力のない私が彼女たちに勝るのは、天地がひっくり返っても不可能なことだった。

だから私が勝つためには非常の手段しかなかった。

同じ王太子妃の座を求める令嬢たちを騙《だま》し、陥れ、時には命さえも狙った。

そして、それら犯罪行為を白日の下にさらされ、王太子自身の手によって捕らわれた。

それがさっきの出来事。

ライバル令嬢を蹴落とすために陰謀を巡らせ、ゴロツキどもまで雇って。

それで大怪我《おおけが》をした令嬢もいる。

私の罪は暴かれ、公に裁かれることになった。

速やかに処刑が決まった。

通常であれば、いかなる罪を犯そうともやんごとない公爵令嬢が被告であれば穏便に……修道院にでも生涯幽閉が相場であろう。

そうはならず温情もなしに処刑判決が下ったのは、私が『魔力なし』であることが関係ないとは思えなかった。

執行までの数日間、私が収監された独房は暗くじめじめした、平民が入るのと同じところだった。

貴族が入る特別牢とはまったく違う。

処刑の前日になって父が訪ねてきた。

母の姿はなかった。これほどまでの醜態を晒《さら》した娘の、顔も見たくなかったのかもしれない。

父もまた私の目の前で涙をこぼした。

私さえ生まれてこなければ、何の変哲もない真っ当な貴族である二人がここまで苦労することもなかったろうに。

私のような出来損ないを娘に持ってしまった、そんな呪わしい宿命に見舞われた自身を憐《あわ》れんで涙を流したに違いない。

何が間違っていたのか。

魔力を持って生まれてこなかったことか、それとも生まれてきたこと自体間違いだったのか。

答えの出ないまま処刑当日となり、衆人の前に連れ出された私は、貴族としての誇りある死に方すらさせてもらえず、斧《おの》で首を切り落とされて絶命した。

私はそこで終わり、また始まる。

死に戻り令嬢、リスタートする

目が覚めた時、私……エルトリーデはベッドにいた。

「えッ？　なんで？」

まったくわけがわからない。

私は処刑されたはずなのに、死ねば二度と目覚めないのではなかったのか。

自分が死んだのは間違いない。

首を落とされ、転がり落ちる頭に合わせて回転する視界……あの光景は脳裏に焼き付いて離れない。

「あの光景が幻だったとでも言うの？　王子に捕まってから、処刑されるまでの全部が夢？」

そんなはずはなかった。

あんな生々しい実際に経験した記憶、それが夢であったなんてありえない。

しかし夢でなかったら、こうしてベッドの上で目覚めることもまたありえない。

「もしかしたら、今の方が夢？」

見回してみると部屋の内装に見覚えがある。

ここはたしかに、私が生まれ育ったエルデンヴァルク公爵家の上屋敷。王太子妃選抜のためにお城に上がるまで、私は子どもの頃からずっとこの部屋で寝起きしてきた。

ここで目覚めたということは、処刑されずに家に帰ってきたということ？　それとも妃《きさき》候補に挙がってお城に上がるところから、もう全部が夢だったということ？

何もかもわからないとばかりに混乱していると、コンコンと音が鳴る。

ノックの音？

反射的に『どうぞ』と答えてしまう。

「失礼いたします。おはようございますお嬢様」

「ノーア？」

「はい、ノーアにございます」

ガチャリと扉を開けて入ってきたのは、メイド服を着た大人の女性だった。

しかも私の知っている顔。

「ノーア？　何故《なぜ》ここに？」

「何故と言われましても……」

困ったように言葉を詰まらせるノーア。

彼女はメイド、私の住むエルデンヴァルク公爵家に仕えていた。

私付きのメイドとして、私が八歳から九歳までの一年間仕えていたが、その後辞めて故郷へと帰ったはずだった。

「アナタは辞めたはずでしょう？　何故まだ公爵家にいるの？」

「い、いえそんなはずは……？　その、お嬢様……それはもう私にも暇を出されるということでしょうか？」

恐る恐る聞いてくるノーア。

そうだった……私は公爵家にいた頃、よく癇癪《かんしゃく》を起こして自分付きの使用人をすぐクビにしたものだったわ。

使用人たちも私が『魔力なし』だと見下してくる。

貴族同士ならまだ耐えられても、下僕風情にまで侮られるなんて耐えられない。だから公爵令嬢としての権力を最大限使って、私に盾突く者は皆屋敷から追い出した。

このノーアも……。

そんなノーアが今、私の目の前にいる。

しかも追い出した時とそう大して変わらない姿で。

彼女が仕えていたのは、私が八歳そこらの頃のはず。

だったら今から十年は昔のことよ？

ならば少しは年老いて……というほど当時から〝老いる〟なんて年でもなかったけれども……。

どっちにしても十年も同じ姿を保っているなんてありえない。

十年前に辞めさせたメイドが、十年前と同じ姿でいる。

そこで思い至った。今、私が置かれている状況の、ある可能性に……。

「ノーア、私って今何歳だったかしら？」

「はい？　七歳……いえ来週のお誕生日に八歳になられますよね？　おめでとうございます」

そう告げられて全身が凍った。

私が八歳？

そんなバカな。私は十八歳で処刑されたはず。

慌てた私のしたことは自分の身体《からだ》を見下ろすことだった。

とはいえ自分自身のベッドに入った体勢からでは見られるのは精々両手ぐらいのものだけど。

でもそれだけでわかった。

なんて細くて小さな手。

昨夜まで見慣れていた十八歳の、成熟した女性の両手とはまったく違う。

それこそ成長途上の少女の手。

そういえば視線を下ろすたびに声高に主張してくる、煩わしいほど大きな胸も、今はぺったりと大人しい。

成長期以前にあった懐かしい感覚……。

「ノーア、ノーアッ!?」

「は、はいッ？」

「鏡を出して、お願い！」

「ええと姿見ですか？　それとも手鏡でしょうか？」

メイド共々混乱しながら、とにかく全身が見られる大きな鏡の前に立ち、そして衝撃を受けながらもやっと理解した。

自分の身に起こったことが。

「これが私……!?」

鏡に映っていたのはまだまだあどけなさの残る八歳の少女だった。

着ている寝間着はふんだんにフリルのついた可愛《かわい》いもので、十八歳の成長した私が着ていたら、とても似合わずに失笑されているだろう。

でも今の、八歳の少女にはよく似合う。

そう、鏡に映った私の姿はどう見ても八歳の少女だった。

十八歳の女が八歳の少女に若返ることなんてありえるの？

しかも処刑台で首を切り落とされた女が？

そうだ私は死んだはずなんだ。

だとしたらこれは死んだ私が見ている夢？　でも夢というには色々と感触がリアルすぎて……!?

「ノーア、私のことを叩《たた》いてくれないかしら？」

「そんな恐れ多いことできるはずがありません！」

「これが夢なら叩かれたら目が覚めるはずでしょう？」

ノーアは泣いて許しを乞うていたが、ここまで来たら私も気づかないわけにはいかない。

私はたしかに十八歳のあの日、罪をもって処刑された。

そして八歳の今日に巻き戻った。

これは『死に戻り』とでもいうのかしら？

とにかく私は死ぬはずが、やりなおしの機会を得たってこと？

◆

それから私は……。

とにかく私の正気を怪しむノーアを部屋から追い出し、一人ベッドの縁に座った。

今の私にはどうしても一人で考える時間が必要だった。

自分に起こったことを整理しなければ一歩も先に進めない。

「時間が戻った……ってことでいいのよね？」

それ以外に考えられない。

幼くなった自分、いなくなったはずの使用人。

それらと再び相まみえるのは、彼女らがいた頃の過去に舞い戻る以外にあり得ない。

時間遡行？

そんな魔法があったかしら？

この国には魔法という超絶の力がたしかに存在する。

しかしいかに魔法といえども時間を操作するなんて、そんな大それた事象が実在するはずがないわ。

何でもできるように見える魔法にもちゃんと体系があって、基本的に地水火風の四大属性。その上に特別な光属性があって、各々の特性に準じた現象を巻き起こすことができる。

でも火だろうが水だろうが、地や風だろうが光であっても……時間に作用できる属性なんてあるはずがないわ。

かつて読んだ魔法書にも、時間操作の魔法なんて存在しなかった。

精々、人の時間が過ぎる感覚を速くしたり遅くしたりできる魔法が光属性にあったと思うけど。十年単位の大規模な時間遡行には足元にも及ばない。

もしかしたら私も読むことのできなかった……王城の奥深くに秘蔵されているという禁書にならば載っているかもしれないけれど。

……いえ可能性の話をしたらキリがないわね。

現状、何故こんなことになっているのかを解明することは不可能。だったらこの状況下で何をすべきかを考える方が建設的だわ。

私は、八歳の私になった。

自分自身だけじゃない。私を取り巻くこの世界すべてが私、十八歳の時点から十年前に巻き戻った。

私の八歳から十八歳の間までに起きたことが一旦すべてなかったことに……ということよね。

私が処刑された事実も、処刑されるにいたる罪のすべても十年の時間とともに消えた。

さらにその原因になった王太子のお妃選びも。

時間が十年戻ったのなら、今の彼も十歳そこらのはず。

お妃選びなんてまだまだ先と思われている、何も知らない子どもだわ。

すべてが消えた？

私の罪も罰もすべて。

そして記憶だけを残して、再び十年前からやり直せる？

時間は再び流れ出しているのだから。

「上手《うま》くすれば……私は今度こそ王太子妃になれる？」

考えがまとまった途端に浮かんだのは、そのことだった。

前世……と言っていいのかどうかわからないけれど、かつての十八歳の私は首を切り落とされてたしかに死んだ。

そのあとで十年前から再び人生が始まったのだから、前の人生のことは前世と言っていいのかもしれない。

とにかく前世では、王太子妃になろうと懸命になり、汚い手段まで使ってライバルの令嬢を蹴落としてきたけれど結局望みは叶《かな》わなかった。

それどころか嫁ぐべき王太子自身の手によって断罪され、殺された。

私の処刑を最終的に決定したのも王太子だと思う。

捕縛まで彼の主導で行われたのだから、量刑も彼が先導を切って行われたのは容易に想像がつく。

私の死に、彼の意志が多量に交じっているのは間違いない。

「私のことが、殺したいほど目障りだったということね……」

それもそうか。

曲がりなりにも自分の生涯の伴侶を決めようという催しで、その候補を次々と陥れ、その挙句に自分の隣に立とうとした。

そんな邪悪な女、嫌うに決まっているわ。

息の根も止めたくなるほどに。

たとえあの御方《おかた》との結婚を望んでも、魔力のない私は王太子の妻には絶対に選ばれない。

ならばどんな手段を使っても競争相手の令嬢を蹴落とす以外に私が選ばれる可能性はないけれど、それをやれば王太子本人から疎まれる。

どっちにしろ、私は王太子妃になれない。

「私が選ばれる可能性は最初から最後までゼロだったってことじゃない」

何てバカな私。

この程度のことに死んで時間が巻き戻るまで気づけないなんて。

何てバカな女だったのかしら。

私はまだ、ベッドに座りながら物思いを続けている。

そもそも私が王太子妃を望んだ理由は。

魔力がなくても自分がちゃんとした貴族令嬢であることを示したかったから。

私のことをバカにする連中がぐうの音も出ないほど決定的な形で。

すべての貴族の頂点に立つ国王。

その国王にいずれなる王太子の妃となれば、誰もが私に跪《ひざまず》くしかない。どんなに私をバカにしようとも。

魔力のない私は、それ以外に自分の価値を示す方法がなかった。

でも結局、王太子妃になるという願いも叶わなかった。

私に価値を示すことなどできない。だって最初から価値などないのだから。

私の一度目の人生は、そのことを思い知るためのものだった。

じゃあこの二度目の人生は何?

普通ならありえないはずのこの死に戻りは、何のために引き起こされたものなの?

今度こそ王太子妃になるため？

王太子の目を完全に欺き、他のお妃候補を消し去って自分だけが選ばれることを今度こそ完遂するため？

くだらない。

それが必ず失敗に終わること、何の意味もなさないことは一度目の人生で嫌というほど味わったじゃない。

結局魔力のない私は何者になることもできない。

何かになろうとしてもその分、害を広めるだけ。

それが何もなしに生まれてきた者の運命だったのよ。

でもそれなら、何故私の生は巻き戻ったの？

何もない私なら、一度目の人生であのまま死んでしまってよかっただろうに。

このあり得るはずのない二度目の人生は何？

何をするために私はやり直すの？

ここまで考えると頭が煮詰まってきたように思えてくる。

そんなタイミングで、再びノック音が鳴った。

またノーアが様子を見に来たのかと思ったが、こちらの返事も待たずにドアが開いて、違うと悟る。

使用人なら私の返答も待たずに入室するなど、そんな失礼なことはしない。

それができるのは、この家で私より偉い人。

娘より偉いのは、それはもちろん……。

「お父様」

開いたドアの向こうに立っている三十代前半ほどの男性。

着ている衣装はピッシリしたスーツではあるものの、表情はどこか暗い。

こうして見ると若いわね、十年前に遡っているから当たり前だけど。

前世で最後に見たお父様は処刑前日だったけれど、今目の前にいるお父様に比べればずっと老け込んでいたわ。

十年どころか二十年、三十年の隔たりがあるように思える。

アレは実年齢以上の老け込みだったわけね。

きっと心身を通常以上に疲労させる理由があったんだわ……と思ってすぐに苦笑した。

そうだ、お父様の心労の理由は私自身だったんだわ。

そんな私の苦笑を見咎《みとが》めて、お父様は不機嫌そうに言う。

「エルト」

私の名を呼ぶお父様。

『エルト』は私『エルトリーデ・エルデンヴァルク』の愛称。肉親であるからには愛称で呼ばれる方が自然だわ。

「体調が悪いと聞いたが、元気そうだな。寝もせずにボンヤリと座って、笑みまで浮かべるとは」

お父様の声には多分にトゲが交じっている。

それも仕方ない、お父様が私を疎んじているのは考えるまでもなくわかる。

公爵として順風満帆であったはずのお父様の貴族人生が、私が生まれたことで大きく狂ったのだから。

「いつまで寝間着でいるつもりだ？　もう朝食ができている。病気でないなら早く食べて準備を整えなくては、魔法の教師が来てしまうぞ」

そうだった。

八歳頃の私はまだ屋敷に教師を招いて、魔法の勉強をしていたのだったわね。

まだ現実を受け入れられずに、血を吐くほどの努力をすれば魔法が使えるようになると思っていた。

だからこの国一番の魔法教師をあてがってもらっていた。

この頃は一日も欠かさず魔法の訓練を受けて、風邪を引こうが熱を出そうが絶対に休むことはなかった。

その末に得た結論は『世の中には無駄な努力がある』ということだったけれど。

「どうした？　何も言わないのか？　だったら今日の魔法の授業は中止にするか？　いっそのこと

もう中止ではなく廃止にしてしまった方がいいかもしれんがな」

何も答えない私に、お父様が一方的に喋《しゃべ》り続けるだけの構図となっている。

お父様も、私の存在に随分悩まされてきたことでしょうね。

国内指折りの有力貴族であるはずのエルデンヴァルク公爵家。歴史も古く、過去数多くの大魔法使いを輩出してきた名家から、まったく魔力のない私が生まれてきたことは恥以外の何物でもない。

私がいるせいで他の貴族からも爪弾《つまはじ》きにされ、公の場に出るたびに笑いものにされる。

そんな屈辱を私は自分自身だけでなく家族にも与えてきたのだわ。

前の生……処刑前日の牢屋《ろうや》越しに私と父は最後の面会をした。

今目の前にいるよりずっと老け込み、やつれた父親はポツリと言った。

――『お前の育て方を誤った』と。

王太子から直々に裁かれて極刑を言い渡されるとなったら、そんな言葉ぐらい出てくるだろう。

言われた当初はショックを受けたものだった。

結局この人も、最後まで私を認めてくれなかったのか、と。

しかし八歳に戻って、気持ちまで改まったのか今は違う心情であの言葉を吟味できる。

私こそが両親を苦しめていたのだと。

私のような出来損ないさえ生まれていなければ、お父様もお母様も健やかな人生を過ごせたはず。

今、両親の仲は冷めきっているはず。

私という『魔力なし』が生まれてきたことで母親は浮気を疑われ、それでも貴族の体面のために離婚もできず形ばかりの夫婦を演じている。

魔法が使えなくても王太子妃にまで登り詰めれば両親の誇れる娘になれるのではないかと前世では思った。

しかしそれもまた両親を苦しめるだけに留《とど》まった。

あの夜の鉄格子から垣間見《かいまみ》た、悲痛な表情を思い出している間も若いお父様は何かツラツラと喋っている。

「どうした？　何故答えない？……どうやら本当に調子が悪いのか？　ならやはり魔法の授業は中止に……！」

「そうですね、もうやめにしましょう」

「うッ？」

唐突に喋り出した私に面食らったのか、お父様は言葉を呑《の》み込む。

「今日だけではありません。明日以降も魔法の師には来ていただかなくてけっこうです。……自分に魔力がないことはもう充分にわかりましたので」

「ど、どうしたのだいきなり？」

私の方針転換がよほど意外だったのか、お父様の語調が揺れる。

「本当に魔法の授業をやめてしまうのか？　どんなことをしてでも必ず魔法が使えるようになると

意気込んでいたではないか？」

お父様としても娘が、魔法が使えるようになればそれが一番丸く収まる方法ですからね。

でも私には期待に応えることができません。

それを前の人生で思い知っているのです。

「できないことは何をしてもできない、……ということを遅まきながら気づきましたので」

「ぬ、そうか……!?」

いまだ展開についていけず、言葉が続かぬお父様。

しかし公爵としていつまでも動揺せず、やがて気を取り直して……。

「……わかった、お前のすることだからお前の希望に沿うのがよかろう。教師殿には私から断りの連絡をしておく」

心のどこかではホッとしているのでしょうね。

そもそも魔力のない私がどんなに訓練しようと魔法が使えるわけがないのですから。

家の恥を広めないためにも、できるかぎり無様な振舞いはしてほしくないと願っているはず。

「しかしエルトリーデ、お前もエルデンヴァルク公爵家に生まれたからには貴族の務めをわかっているはずだ。この国では魔法が使えなければ貴族とは認められない」

「はい、わかっております」

「お前はどういうわけか我が家に生まれながら魔法が使えない。魔法を使えるようになる努力も断つからには、それ相応の生き方を決めていかねばならない」

わかっていますわ。

本当なら私のような『魔力なし』が貴族の家に生まれていたら、わかり次第処分されていたっておかしくないことは。

それでも今日まで、疎まれながらもちゃんと娘として育てていただいたことには感謝すべきなんでしょうね。

いいえ、今日までじゃないわ。

お父様とお母様はこれから十年後まで……私が間違いを犯して、その報いとして命を失うまで私の親であることをやめなかった。

私が苦しめていたということね。

私が諦めなかったから。

「魔法の使えない娘に貴族の資格なし。わかっておりますわ。早急に出ていきますわ」

「なッ?」

何か言いかけようとしていたお父様が固まった。

「何を言い出すんだ!?　何故そうなる!?　たしかに魔法の使えない貴族を、他の貴族たちは認めないだろう、だからこそ……！」

「私は、この家にいる資格はありません。いえエルデンヴァルク公爵家に……というべきでしょう。

今まで置いていただいていたこと自体おかしかったのです」

「そんなことは……、いや、家を出てどうするというんだ!? お前のような子どもが一人で生きていけるほど世の中は甘くないぞ!」

「修道院へ入ります」

神の信徒が集う修道院の中には、問題のある貴族を引き取り隔離することを目的とした場所もいくつかある。

私も貴族の端くれ。そして魔法が使えないという大問題もある。

話を通せば受け入れてくれるところもあるでしょう。

愚かな私は一度死ぬまで気づかなかった。

私がすべきことは、どんな手を使ってでも自分を貴族として認めさせることじゃない。

私を認めないこの世界から早急に去ることだったんだって。

◆

修道院に入る。

そう決めたその日のうちに私は馬車に乗り込もうとしていた。

決めたからには早い方がいい。

「何もこんな急に……!?」

お父様は戸惑いげな表情で玄関前に出ていた。

見送りしていただけるのはありがたい。このまま修道院に入れば今生の別れとなるだろうから、別れを惜しんでもらえるのね。

玄関先にはお母様も出ていた。

さっき部屋には訪れなかったけれど朝食の時間だったらしいから、食堂で待ってくれていたのだろうか?

「修道院に入るにしても、もっと準備に時間をかけてもいいのではないか? 子どものお前は知らないだろうが貴族令嬢を受け入れる修道院にもランクというものがある」

知っていますわ。

今の私は、見た目は子どもでも既に色々体験しているのですから。

貴族令嬢の受け入れを主目的とするような修道院は一般のものと違い、豪勢な造りとなっている。

そこに入った貴族の娘たちが何不自由なく過ごせるように。

そうした施設の維持のために莫大《ばくだい》な寄付金が必要で、当然そうしたお金は修道院に入った貴族令嬢の親たちから支払われる。

私もそうした〝特別な〟修道院に入るためには、それ相応の寄付金を用意しておかなくてはならないということだ。

世間知らずな娘は、そんなこともわからない……と思っているのだろう。

「わかっております、貴族用の修道院に入るにはそれなりの根回しが必要となるということでしょう？」

「わかっていながら……!?」

「ですが、私はお父様やお母様にもう随分ご迷惑をかけてしまいました。これ以上無駄な出費を強いて、迷惑の掛け重ねをするわけにはいきません」

「何をそんな!?　ならばどうするというのだ!?」

後ろの方で沈黙を守るばかりのお母様、最後の会話はお父様とばかり交わすことになった。

「貴族用でもない、ただの一般的な修道院に入ろうと思っています。そこなら寄付金も必要ありません。神にお仕えしようという敬虔《けいけん》な心さえあれば迎えてもらえます」

「バカな！」

悲鳴を上げるようにお父様は言う。

「エルトよ……、誰がお前に吹き込んだ？　たしかに貴族用の修道院などは名ばかりのものだ。贅《ぜい》を凝らしてわがまま放題の貴族娘を囲い込んでおくような一種の隔離施設だ。本当の、神に信奉を捧《ささ》げるための修道院はわけが違う」

「そうですね、厳しい戒律によって縛られ、生きるためのあらゆる作業を自分で行わなければなりません。豪奢《ごうしゃ》は悪徳とされ貧しい暮らしをしなければならず、公爵令嬢として甘やかされた私には辛《つら》い環境となるでしょう」

「すべて承知の上だというのかッ!?」

その通り。

でも、どんなに辛く貧しい暮らしが待っていたとしても、ここに留まるのと人して違いはないと思うの。

魔法の使えない貴族令嬢のまま、誰からも侮られ蔑まれ、その屈辱に耐えて生きていくことと。

そして必死になって耐えた先には何もないということを私はもう知っていた。

報われることのない忍耐を再び繰り返すよりは、厳しく貧しいながらも信仰に安らぎを求めて暮らしていく方が、私にはまだ希望を見出《みいだ》すことができた。

いまだにどういうことか説明がつかないこの二度目の人生。

もし神様が与えてくれたものであれば、それに感謝して生きていくのが相応《ふさわ》しいとも思えた。

「だから私は神様の下へまいります。お父様お母様、出来損ないの私を今まで家に置いてくれてありがとうございました」

「そのような言い方は……！」

「事実ですので」

前世の私なら、そのようなことはけっして口にはしなかった。

事実として知っていたが頑《かたく》なに認めたくなかった。認めてしまえば自分自身を否定することになってしまう。

それが今になってすんなりと受け入れられるのは、一度死んだからなのだろうか。

あるいは償いたいのかもしれない。

前世では王太子妃となるためにたくさんの人を傷つけてきた。その罪を悔いるのに修道院は打ってつけの場所なのかもしれない。

「最後の甘えとして修道院まで馬車をお借りいたします。どうかこれからは心やすらかにお過ごしください」

私は踵《きびす》を返し、馬車の入り口に足をかける。

その刹那、背後からグイと引き寄せられた。

「ダメです!!」

「お母様?」

お母様が私のことを掻《か》き抱《いだ》いてきた。

お陰で身動きが取れず、馬車に乗ることもできない。

今までずっと無言だったのに、どうしていきなり?

「エルトは私の娘です!　誰が何と言おうと私の娘です!　手放すなんて絶対にしません!!」

そう子どものように泣いて、誰にも渡さぬとばかりに私のことを抱きしめる。

こんな激しいお母様を一度も見たことがなくて私は困惑した。

「お前に魔力がないとわかった時も泣いたものだ。『自分の娘だ』『どこにもやりはしない』と」

お父様が苦しげに言った。

「お前はまだ物心ついていなかったので覚えていないだろう。貴族でありながら魔力がないなど前代未聞。人知れぬうちに里子に出すか、それとも殺すか。お家第一に考えればそれがもっとも無難なことは誰でも思いつくことだ」

たしかに。

私も以前から薄々疑問に思っていた。

『魔力なし』という、この国の貴族としてはあり得ない私を勘当もせず、家に置き続けてくれたのは何故だろうか、と。

「……私は、お前の育て方を間違えたのかもしれぬ」

お父様は言った。

それは前世で最後に聞いたお父様の言葉と同じ。

「エルトの頑張りがあまりに痛ましすぎて、ヘタな言葉をかけることが憚《はばか》られた。お前は本当に頑張る娘だ。自分が何をすべきか常に探して、見つければそこへ向かうことに躊躇《ちゅうちょ》がない。あまりにも懸命に駆け出してしまう」

「そんなことは……」

『ない』と言いかけて口を噤《つぐ》んでしまった。

王太子妃になることが私が貴族であることを立証する唯一の道だと思い詰め、そのあまり暴走して多くの人を傷つけ、ついには自分の身まで滅ぼしてしまった。

あれを突っ走りすぎと言われたら反論できない。

「我々はもっとお前と言葉を交わすべきだった。お前は今も自分だけで勝手に結論を出して我々の手から離れようとしている。お前はもっと親に相談すべきだ。お前はまだ子どもなのだから」

「はい」

「お前が魔法の勉強をやめると言った時、私が言いかけたことの続きを話そう」

そう言ってお父様は膝を折って、私と同じ高さまで視線を下げる。

「領地へ帰らないか？」

「領地へ？」

「そう、ここ王都から我らエルデンヴァルク家が王家よりいただいた自領にな。王都には数多くの貴族たちが住んでいる。そんな中だから魔法の使えないお前のことは目立つし、心無い噂話《うわさばなし》の的にもなる。しかし王都から一歩でも出てしまえば、いるのはほとんど平民だ。魔法を使えるのは貴族だけ。魔法からは縁遠い平民から見れば、お前のこともそう大して珍しくはない」

私たちが今住んでいるのは王都。

前世での私は一生をほぼ王都から一歩も出ずに過ごした。

貴族であれば王都に住むのが当然と思っていたし、だからこそ魔力のない私が王都に住むことすらやめてしまったら完全に貴族でなくなると思っていた。

「本当はもっと早く自領に引っこむべきだったのかもしれん。しかしいつかお前が後天的に魔力を得るかもしれないという望みに引かれてズルズルと居残ってしまった。そうこうしているうちにお前も物心つくようになり、お前自身魔力を得ることに懸命になっていった」

それでお父様たちは何も言えなくなってしまったのね。

私の気持ちを汲《く》み取って。

言われてみれば国民のほとんどは平民で、ということは国民のほとんどは魔法が使えない。

それでも首都というシステム上、王都には多くの貴族が集まって上流階級の社交も活発に行われている。

だからこそ私のような異常の存在が好奇の的になる。

「もちろんエルト一人を領地に追いやりはしない。私も母さんも一緒に行こう。家族は一緒にいるものだ。だからお前を修道院になどやりはしない」

「でもそうしたら……、お父様の王都でのお仕事が……？」

「領地の運営も立派な貴族の仕事だ。そちらに注力したところで文句を言われる筋合いはない。特に今は、私自身お城でこれといった役職ももってないしな」

まさかお父様は……。

いつでも私を連れて領地へ戻れるように無役でいたということ？

貴族の中には高い官職を得るために、自分の娘を政略結婚させる人だっているというのに。

「どんな理由があろうと……子を捨てる親がおろうか」

バカね私って……。

前世ではそんなことにも気づかずに、ただ一人で突っ走って。

自分が愛されていることに気づかなかった。

もっと色んな人の話を聞けばよかったわ。

前世の私もそうしていたら、あんなバカな暴走をせずに済んだだろうに。

いいえ、時間は戻った。

前世で私に傷つけられた多くの人々も、その事実自体が消え去り、人生をやり直そうとしているはず。

その人たちが無事幸せな人生を送れるように祈ることが、時間が戻った意義ではないのだろうか。

魔力もないのに王太子妃を目指そうとした愚かな娘ができる精一杯が、それ。

「わかりましたお父様、お母様。私、領地へ行きますわ」

こうして私の人生は一度目から見て大きく様相を変え始めた。

……お父様が治めるエルデンヴァルク公爵領は、海に面した大陸の端にあった。

気候は温暖で一年中暖か。

湾状に入り込んだ地形に港町が築かれ、多くの人や物が出入りするために繁栄していた。

領主であるエルデンヴァルク家の屋敷もその港町にあって、私は二回目の十代をそこで過ごすことになった。

自領ではあったが、前世ではついに一度も足を踏み入れることはなかった。

あの頃の私は、魔力がなければ王都に住まうことが唯一の貴族である証《あかし》と思って頑なに王都から離れようとしなかったから。

二度目の生で初めて訪れる故郷。

そこは想像以上に明るくて暖かく、幼い感性を十二分に刺激するものだった。

港町には国内だけではない外国からの物資も多く流れ込み、舶来の珍しい品物、外国語で書かれた書物などは私に豊富な知識を与えた。

それだけでなく気候穏やかで景観もよい港町には、世界各地の要人や知識人がすべての仕事を仕遂げたあとの隠居先に選ぶことが多く、その多くが領主であるお父様と関係を持ち、その娘である私とも面識を持った。

その中の何人かは余生の暇潰しとして、私への教育を引き受けてもくれた。

前世での私は、時間のすべてを魔法の才能の開花に捧げ、それが叶わぬとなれば王太子妃になるための陰謀を巡らせることに費やした。

そのすべてをやめた今回の生では、時間は大いに余る。

余った時間のほとんどは、自領でまだ知らぬことを学び覚えることに使われた。

学ぶことは意外に楽しく、勉強して覚え、蓄えた知識でさらに難しいことを理解できていく過程に、私は喜びを感じた。

正直どれだけ励んでも進歩しない……まったく手ごたえのなかった魔法の修行よりはよっぽど……。

……いいえ、それはただの愚痴ね。

魔法が、他の知識に勝っているわけじゃない。ただなんの才能もないのに魔法に固執した私が悪かったのよ。

ある程度の才能を持った人なら魔法を覚えていくのも、きっと楽しいに違いなかったわ。

とにかく私は、魔法に見切りをつけた途端、他のことを覚えていくのが楽しくて。

夢中になって学んでいるうちにあっと言う間に時間は過ぎていった。

気づけば……。

……私は十六歳になっていた。

八歳の自分に死に戻ってから、八年の経過。

◆

「エルトリーデ嬢は本当に飲み込みが早い。よほど生まれついての才覚に恵まれたようですの」

授業の終わりにそう言われて、私が戸惑う。

今日はジンガメン師のお屋敷に、歴史を学びにお邪魔していた。

ジンガメン師は、蓄えたお髭《ひげ》もすっかり白くなったご老人で、若き頃はどこかの外国で文官を務めていたんだとか。

お年を召して退職し、隠居先としてこの土地を選び、移り住んでこられた。

そうした御方は隠居であるがゆえに暇を持て余している。

暇潰しに領主の娘に教えをつけてやろうという奇特な御方もけっこういた。

ジンガメン師もそのお一人で、その好意に甘えてご自宅にまで押しかけて教えを乞うている私……だが……。

「買い被《かぶ》りですわ。私に才能なんて……」

唐突なお世辞に、どう返していいかわからず口ごもってしまった。

最近こういうことをあちこちで言われる。

「褒め言葉に慣れておらぬのもアナタらしいというか……。御嬢がこの国でどのような立場にあるか事情は伺っておる」

老賢人は豊かな白髭を撫《な》でつけながら言う。

その言葉に私は思わず身を硬くした。

「正直ワシは、魔法だけで人材の価値を計ろうとするこの国の価値観に疑問を抱いておる。よく学んでおられるエルトリーデ嬢は他国がどのように人材を計るかご存じであろう？」

「魔法が存在するのは我がスピリナル王国のみ。ですので他国では魔法が人材の物差しになることはなく、あくまで家柄を含めた知性、能力、実績などで評価を受けると聞きます」

「左様」

ジンガメン師は満足げに頷《うなず》く。

海に面した港町だからこそ、国境を越えた他国の情報がここではふんだんに入ってくる。

王都にいては一生知ることがなかったことも、私は領地でたくさん学べた。

お陰で今は……、『何故あんなに魔法だけに固執していたのだろう？』と過去を振り返られるまでになっていた。

外国の文官であったジンガメン師の教えも手伝って。

「貴国への批判と受け取られるかもしれませんが、この国が何故そこまで魔法だけに拘《こだわ》るのか、理解に苦しみますのう。まず人材の評価は多面的でなくてはなりませぬ。力はあってもバカでは大事を託せぬ。文武を兼ね備えても性状邪悪であれば、権限を与えては世の乱れに繋《つな》がる」

「はい」

「魔法もまた数ある資質の一つに過ぎない。知性も人格も大事であるというのに、魔法能力の有無だけで価値を決められては堪《たま》ったものではありますまいな」

ジンガメン師の口調は、穏やかではあったけれども端々に鋭さを隠しきれていなかった。

彼は、この国での私の扱いを理解して、その上で憤ってくれているのだろう。

既に一度の人生を体験している私にとっては枯れ果てた感情ではあったが、私のために怒ってくれているというのは喜ぶべきか。

「まあ、ワシが何を言いたいのかというと御嬢も視野を広く持つべきだということです。魔法なんぞ使えずともアナタは優秀だ。他国に出れば、きっと方々から求められることでしょう」

「そうでしょうか……少し褒めすぎでは？」

「よくできた生徒を褒めたくなるのは当然のこと。事実、ワシからアナタに教えられることはもうほとんど残っていない。アナタの能力ならば一国の官僚でも務まりましょう。人貴族の奥方でも。アナタは有能であるだけでなくお美しくもあられるゆえ！」

そう言ってカラカラと笑うジンガメン師だけど、私は笑顔の裏で恐縮し通しだった。

彼は教えるのは上手いのだけれど、思った以上に教え子を褒めそやすのね。

これも親バカというのかしら。

あまりにもいたたまれなくなったので、適当に話を切り上げて師の隠居屋敷から辞去した。

外に出ると青空が広がっていて、遠くの景色に映る海の色も深く鮮やかに青い。

「今日もいいお天気でございますね、お嬢様」

メイドのノーアが言う。

さすがに令嬢を一人で歩かせるわけにもいかないから付き添いがつくのは当然だけれど。

結局彼女も、私が領地に引っ込むことで一緒についてくることになってしまったのよね。前世では十一歳の誕生日を私が迎えるまでには暇を出されて我が家からいなくなっていたはずなのだけれど、今世ではまだ私に仕えてくれている。

それもまた変化の一つね。

「お嬢様が馬車をお断りになった気持ちがわかりますわ。潮風も涼しくて本当にいい心地。本当は安全上お諫《いさ》めしなければならなかったんでしょうけど……」

「ノーアもこの土地には慣れたかしら？　王都で雇い入れたのにいきなりこんな辺鄙《へんぴ》な土地に移り住むことになって戸惑ったでしょう？」

「もうお嬢様ったら。あれから何年経《た》ったとお思いです？　この素敵な港町になら来てすぐ慣れましたとも。そもそも王都より綺麗《きれい》で、品物もたくさん色んな種類が売られているんです。住みにくいなんてことはありませんよ」

そんなことはないと思うけれど。

たしかにこの街は外国との貿易玄関口になっていて珍しい物がたくさん外から入ってくるわ。

外国から来るお客様のことを意識して統治者であるお父様も率先して、街の衛生治安を高水準に努めている。

だからと言って王都以上に住みやすいというのは行きすぎ……。

……いいえ、かつて王都に異様なまで執着していた私の、それこそ贔屓目《ひいきめ》かもね。

「お嬢様。ノーアはお嬢様の行かれる場所ならたとえ異国だってお供いたしますよ。改心なさったお嬢様がどのようにご立派になられるか、それを見届けるのが私の務めだと思っていますので」

「改心ね……」

今から八年前、魔法を使うことに執着していた私が急に志を変えて、両親共々領地に引っ込んだのを家ではそういう風に受け取られている。

『お嬢様の豹変《ひょうへん》』とか『神託のお嬢様』とか、そんなけったいな呼び名で伝説にされてるみたい。

失敬な。

でも前世での……魔法と貴族であることに拘り続けた私は、他のことを気遣う余裕もなく、仕えにくい主人だったに違いないわ。

どんなに頑張ってもまったく魔法が使えるようにならない、その苛立《いらだ》ちを使用人にぶつけて……。

前世でのノーアも、それに耐えきれずに一年そこらで辞めてしまった。

あの当時の申し訳なさがあって彼女の言うことはできるだけ聞くようにしているんだけど……。

却《かえ》ってそのせいかしらね？

主人として舐《な》められている気がするわ？

「あまり野放図なことを言うものではないわよノーア？　本当に私が地の果てまで行ってもついてくるつもり？」

「考えなしに言っていると？　ジンガメン師の手放しの賞賛は、別室に控えていた私にまで聞こえてきましたわ」

――他国に出ればあちこちから求められる。

ジンガメン師の言葉を真に受けているのねノーアは。

私はそこまで楽観的にはなれないけれど、彼女の言葉には幾分の真実も含まれている。

私も二度目の人生……これからの道筋を具体的に考える時期に差し掛かっている。

何しろ十六歳だもの。

前世の私はそろそろ王太子妃という目標を掲げて邁進《まいしん》していた頃だわ。

その方面はスッパリ諦めた私だけれど、だからこそ気持ちを新たにした私の新しい人生設計を明確にするべきね。

どちらにしろ魔法が使えない私では、この国では永遠に役立たずのまま。

だったらジンガメン師の勧めに則《のっと》り、外国に出るのも一つの正解なのかもしれない。

外国であれば魔法以外の違う部分で私を評価してくれる。

それらの能力は幸い、この領地で過ごした八年間で充分に蓄えることができた。

どうあっても受け入れてもらえないなら新天地に旅立つこともアリね。

……そう考えていた私は、帰宅してから思い知ることになる。

前世の因業からは簡単に逃れきれないことに。

◆

帰宅する私。

この港町を含めた全領土を治めるエルデンヴァルク公爵家の本屋敷は、港に面した小高い丘の上に建てられている。

ここからは港町の全体を一望することができ、街のシンボルを務めるのと同時に街のいたるところに目が行き届いていると睨《にら》みを利かせる意味合いもあった。

お父様は領主としても優秀な方だと思う。

港町という、巨万の富を生み出しつつも様々な文化が出入りしてまとまりにくい土地を問題なく回しているのだから。

それは領地に戻って初めて知ったこと。

前世での私は死ぬまでを王都で過ごしたから最後まで知ることもなかったわ。

かつての私は本当に視野が狭かったのね。

玄関のドアを開けると。パタパタと出迎えの足音が聞こえてくる。

「おかえりなさい、おねーさま！」

言うと同時に抱き着いてきたのは小さな男の子だった。

弟のアケロン。

今年で六歳になる。

家族三人領地で暮らすようになってから少し経って両親が授かった跡取り息子だった。

前世での私に兄弟はいなかった。

弟も妹も。

だからこの子自身の存在が新しい二度目の人生における大きな変化ということになる。

前世での両親は、私という『魔力なし』が生まれたことによって関係が冷めきってしまった。

だから二人の間に新しい命も成されようがない。

でも今世では私が素直になったために二人の関係も改善され、自然と営みの方も再開した……？

……と思っていたが、最近になって少し違うのではないかと思えてきた。

二人にとって初子である私は、何故か貴族の血筋を持ちながら魔力を生まれ持たなかった。

次に子どもを授かったとして、二人目もまた『魔力なし』であったら？

それもまた不安であったろうけれど、逆にちゃんと魔力を持った子どもが生まれても問題はある。

私の立場が完璧に失われるから。

弟もしくは妹がちゃんと魔力を持って生まれてきたら、ますます『魔力なし』の私がどうして生まれてきたのかわからない。

私が失敗作であるという事実がより浮き彫りとなるし、そうした立場に追いやられる私自身の心境も想像するだに恐ろしかっただろう。

でも私は領地で暮らし、王都では想像できなかったほど明るくなった。

だから両親は安心したのだと思う。私がどんな事実でも受け入れられるって。

実際に弟が生まれ、魔力があると判明して、私はそのことが喜ばしかった。

私自身が嬉《うれ》しいと思っていることにも嬉しかった。

前世の私であればきっとこの上なく嫉妬していたに違いない。公爵家での自分の立場も危うくなると、何とか亡き者にせんと企てていたかもしれない。

そんな自分を想像して寒気を覚えることもあった。

そもそも私は女なのだから家の継承権はない。

だから『次には男子を』……と考えるのは家を守るべき貴族なら当然で、義務と思えばたとえ冷めきった夫婦であっても営みの中断することは考えられない。

それでも両親が前世において、私以外の子どもを持たなかったのは私を想《おも》う以外の何物でもなかった。

本当に、二度目の人生を過ごすほどに自分のバカさ加減が知れるわね。

こんな両親の慈しみに死んでも気づくことができなかったなんて。

「ただいま、私の宝物」

まだまだ小さな弟を抱きしめ返す。

今はまだ軽く抱え上げることができるけれど、男の子だからきっとすぐに大きくなって、私じゃ持ち上げられなくなるのでしょうね。

その時まで私がなんとしてもアケロンを守らなければ。

幸い私と違ってこの子には魔力がある。

大体この国の貴族の子は、二〜三歳程度になると自然に体に魔力が宿るようになって、それで魔力持ちだと判明する。

しっかりと魔力があって男子なのだから、エルデンヴァルク公爵家を継ぐにはこの子がもっともふさわしい。

私は……、『魔力なし』の姉など成長したアケロンにとっては負担にしかならないだろうから、この子が一人前になるまでには家を出ようと思っている。

そうね、ジンガメン師の言われる通り外国へ行くのがいいでしょうね。

魔法が存在するのはここスピリナル王国のみ。

他国は平民も貴族も魔法など使えないそうだから私もそう奇異には映らないでしょう。

ここで培ったことを活《い》かして家庭教師なり官吏の手伝いなどを務めて……外国ならば、すっかり諦めていた結婚もできるかもしれない。

この国では『魔力なしなどを娶《めと》って、自分の子孫にまで魔力が失われたら堪ったものではない』と全力で忌避されるから。

そんな私が前世では王太子妃と、大それた目標を持ったものだわ。

今世では王太子とも、王太子妃とも何の関係もなく過ごせることだろう。

前世においては私が強硬に割り込んだから候補に挙げられただけで、普通にしていれば魔法一強のこの国で『魔力なし』が王太子妃候補にかすることすらありえない。

そう思っていたのだが……。

「お父様お母様、ただ今戻りました」

アケロンを抱え上げたまま居間へ入ると案の定、両親が向かい合ってお茶を飲んでいた。

でもなんだろう？

入室した瞬間に感じ取れたわ、空気が重い。

「お帰りなさいエルト。ジンガメン殿の授業はどうだった？」

「ええ……、今日も色々なことを教わったわ」

お母様からの出迎えの言葉も、いつも通りのありきたりな中にどこか硬さがあった。

「誰かアケロンと遊んでやってくれないか。私たちはエルトに大事な話がある」

父上も使用人にそう言いつけて、いよいよ何事かあったと匂わされる。

「いや、大事と言うほどでもないが……。どちらかというと厄介？　いやそれでは不敬か……」

「一体何ですの？」

お父様にしては珍しく歯切れが悪く、口調もグシグシと要領得ない。

一方で私はどこかでストンと思い当たった。

腑《ふ》に落ちる……というのがシックリくる感覚。

「そうね、たしかこの時期だったわね……」

「ん？　何か言ったかエルト」

「いいえ、それよりお父様、何の御用件ですの？」

気づいたことを表に出さず、とにかく両親から用件を促す。

今回の人生で私が知る由もないことを、先に表沙汰にはできないものね。

「……ついさっき王都から書状が届いてな。差出人は王家ということになっていた」

やはり。

「王太子妃選抜の召集状ですね」

「何故それを!?」

表に出すつもりはなかったのに思わず言ってしまった。

ダメね、感情のコントロールもできないなんて。しかし私にとっては前世の因縁、どうしても反応してしまうわ。

とにかく両親の不審を払うために、今は取り繕わなきゃ。

「王太子キストハルト殿下は、今年でたしか御年二十歳と伺いますわ。その年頃となればそろそろ妃を定めておかねばいけません」

「う、うむ……」

「そしてこの国の、妃選びの独特な習わしは私も聞き及んでおります。そしてお父様お母様のその深刻そうな表情を見て、私も少しは予想しますわ」

本当は予想というより予知みたいなものだけど。

予知とも少し違うわね、既に一度体験して知っている事柄なんだから。そういうのは何と言うのかしら？

「さ、さすがエルトだな。本当に賢い娘に育った……！」

「察しがよくてヒトに先んじる。その材料として多くの情報を蓄積している。それこそ本当に貴族に必要な力だわ」

両親とも手放しで私のことを褒めてくれる。

あまりに絶賛しすぎてよそよそしさすら感じてしまうが、あえてそれは口にしない。

お父様お母様の優しさを無下にしてしまうもの。

どんなに無理矢理褒めちぎったとしても、それがどんな感情から出た行動なのかしっかり気づかなくてはダメだわ。

自分が愛されていることを忘れないようにしないと。

「……ふむ、では試みにエルトへ問う。今お前が言った、我が国の王太子妃選びの独特な習わしとは、具体的になんだ？」

「年頃の貴族令嬢を国内全土から呼び集め、その中からたった一人の王太子妃を選び取る……という方法ですわ」

当代の国王陛下も、その先代も先々代もそうして妃を選び出したとか。

「そうだ、そんな奇抜なお妃選びなど我が国を除けばどこの国でも行われていない。それは何故だとエルトは思う？」

「我が国に魔法があるからです」

魔法は、ここスピリナル王国だけに与えられた精霊の奇跡。

スピリナル王国の貴族のみが魔法を使え、その能力は脈々と子々孫々に受け継がれる。

そのためにも必要なことは貴族の中心……王族にこそもっとも強い魔力の因子が継承されること。

だから王太子妃……いずれ王妃になるべき女性にはもっとも強い魔力をもった、女魔法使いであることが求められる。

「だからこその選抜です。国中の魔法を使える若い女……即《すなわ》ち貴族令嬢からもっとも強い魔力の持ち主を選び出す。そのためにも一旦全員を集めることが一番効率がいい」

「百点満点の回答だ。だが改めて聞いていて頭痛がしてきたよ」

言葉通りにお父様は額を押さえる。

私も領地で勉強して初めて知ったことだが、そんな風にしてお妃を選び出すのは我が国しかない。

他国では家柄を重視し、妃候補の人柄や知性などを計って何度も話し合いが行われ、最終的に本人たちの同意を得て婚約成立となるらしいわ。

「令嬢を一手に集めて競い合わせようなど、まるで競馬ではないか。他国の要人と会合となったらこんなこと話題に上っても答えられんよ。あまりにも恥ずかしすぎる」

そう言ってお父様、額を押さえていた手で今度は顔全体を覆った。

魔法のある我が国の特色というべきものでしょうね。

どの令嬢がどれだけ強い魔力を持つかは爵位に関係ない。だからもっとも強い女魔法使いを選出するとなれば男爵令嬢から公爵令嬢まで全員揃《そろ》えて比較していかないといけない。

そして比較検討の結果、一番強かったのが最下級の男爵令嬢であっても、その男爵令嬢が問題なく王太子妃になるというわけ。

他国の目からは、なるほどたしかに奇異に映ることだろう。

そしてそんな奇特な王太子妃選びが、新たな代でも始まろうとしている。

いや、私にとっては今世でも……と言うべきか。

「我が家にも、王太子妃選びに参加せよと命令状が届いたのですね」

「……」

お父様たちの沈黙が何より雄弁な返答だった。

肯定の意味を含めた。

「わかります。王太子妃選びは原則、全員参加ですものね」

私に魔力がないことはもはや改めて語るまでもない。

そんな私が魔法至上主義のスピリナル王国の中枢に赴き、王太子妃に選ばれるなんて誰が思うかしら？

……思ったのよね前世の私は。

魔力なんかなくても公爵令嬢の地位だけで王太子妃に上り詰めてみせる……と。

「私も今年で十六歳。二十歳になられる王太子殿下とは年頃だけ見れば釣り合いますわ。可能性を論じられる程度ならありえるでしょう」

論じられるだけならば。

「王太子妃選びには、それこそ国内の未婚女性貴族全員が召集されることでしょう。王族の血統を強化する、優れた魔力の持ち主を漏らさず見つけ出すために。だからかねてより『魔力なし』とわかっている私も、一応顔を出せ……ということなんでしょうね」

「そんなことのためにアナタを再び王都へ連れて来いというの……あんな魔法のことしか頭にない連中の吹《ふ》き溜《だ》まりのような場所に……！」

お母様が震える声で言う。

あるいは、これを機にまた吊《つ》るし上げてやろうという魂胆なのでしょうね。

本来、この国の貴族で『魔力なし』というのは前代未聞。あってはならない国の恥を、王太子妃選びという華々しい場で徹底糾弾してやろう。

そういう思惑も込めてあえて私にも、王太子妃選びへの参加権を与えたのかもしれない。

というか、前世では実際そうだった。

それを逆手にとって、戯れに投げられた縄を全力で摑《つか》みにかかって、どんな手段を講じてでも王太子妃になろうとした前世の私。

本当にアグレッシブだわ。

「そしてまたエルトが笑いものにされるというの、私の娘が！　ねえアナタ、やはりやめましょう。王家には辞退の手紙を一通したためればいいことですわ！」

「うむ、たしかにそうだが……！」

「何を躊躇《ためら》う必要があるのです!?　どうせあちら側もわかっていて窺《うかが》っているのですよ。王都で、エルトに魔力のない話は異常な速さで広まりましたからね！」

お母様、本気で怒ってらっしゃるわ。

領地に戻って変わったのはお母様もね。以前は弱々しく主張もしなかったけれど、ちょうどアケロンが生まれてからますます逞《たくま》しくなったように見える。

「王都でのエルトは……本当に見ていてこちらが辛くなったわ。会う人間すべてから見下されて。そのせいでエルトはすっかりすさんで何にでも当たり散らすようになった……！」

私の幼少期ってそんな風に見られてたんだ。

「領地に戻って明るくなって、優しくなって……！　ここにいる時のエルトこそが本物のエルトです。また王都なんかに行ってすさんだエルトに戻ってほしくないわ……!!」

そう言いながらお母様、ハンカチで目じりを拭いた。

こんなに声を荒らげるのは私を想ってくれているからこそ、それが素直に嬉しかった。

お父様も、その想いを受けて……。

「そうだな。向こうだって魔力がないと判明しているエルトが王太子妃に選ばれるなど露も思っていまい。私たちとしては釈然としないが……」

「そうよ！　エルトはそもそも魔力なんてなくとも充分優秀だわ！　教養もあって気立てのいい令嬢なのよ!!　他国の王妃だって充分に務まります!!」

「しかし、この国ではそれ以上に魔力の有無にしか価値が見出されないということだ。私だってエルトの素晴らしさがわからない男へ嫁に出そうとも思わない。たとえそれが王太子であろうとも!!」

なんか二人とも興奮しだしたわ。

止めた方がいいのかしら？

「向こうも承知しているんなら無礼にもなるまい。我が家は王太子妃選びを辞退すると返答しよう」

「待ってください」

お父様たちが決めてしまおうというところへ私がとめる。

「私、王太子妃選びには参加いたします。王家へはそのようにご返答ください」

「エルト!?」

私の宣言に、両親とも目を見開く。

「ど、どういうつもりだエルト!?　まさか王太子妃になりたいのか?　キストハルト殿下に懸想しているとでも!?」

「私は王太子殿下にお会いしたことはありません」

今世では。

「ですからお顔も見たこともありませんし人となりも知りませんから、懸想するきっかけもありませんわ。王太子妃の地位にも……私には過分であることはわかっています」

前世での私は切望したけれど。

今世のように参加を求める書状が届いて、一も二もなく飛びついた。

同様に渋る両親を力任せに説得し、意気揚々と王城へと向かったのよね。

書状を受け取ったのも領地ではなく、王都の上屋敷でだったし。

今世でも同じことをする羽目になるとは思わなかった。でも同じなのは行動だけ。その理由も、説得の方法も違うわ。

「私は王太子妃にはなれません絶対に。でも、それでも王家からの召集を拒否するのは不敬に当たりますわ」

王家は、私に『来い』と命令している。

貴族とは王に仕えることが最大の使命なのだから、たとえ理由があろうと王家の命令を拒否することは自分自身の存在否定に繋がってしまう。

「ただでさえ我がエルデンヴァルク家は、立場を苦しくしています。私という『魔力なし』が生まれたことで」

「そんなこと気にすることでは……！」

「これ以上、私が原因でお家を追い詰めたくないのです」

さっきの話でも出たけれど、この国において爵位と魔力の強さはあまり関係がない。

そして爵位よりも魔力の強さこそが優先される社会だから、その時々の魔力関係で、爵位が簡単に上下してしまうこともある。

仮に男爵令嬢が魔力の強さでもって王太子妃に選ばれたら、その実家は大魔力の令嬢を輩出した功で、男爵から伯爵ぐらいには格上げされるだろう。

では逆に、公爵家でありながら『魔力なし』が生まれてしまった我が家は？

エルデンヴァルク家がいまだに公爵を名乗れるのは、まずお父様お母様それぞれが国内指折りの高位魔法使いであること。

そしてこの豊かな港町を何の問題もなく運営しているどころか、それ以上に上手く治めて過去最高の収益を出していること。

そうすることで私が生まれてから十六年変わらず公爵の地位を守っている。

貿易によって莫大な富を生み出す港町は誰だって欲しがる。周囲の領地を治める貴族たちは隙あらばこの街を、エルデンヴァルク家から掠《かす》め取ろうとしている。

それができないのは当主であるエルデンヴァルク公爵……お父様が実力実績どちらも完璧だから。

完璧なお父様の唯一付け入る隙が、魔力のない娘。

この私。

「私はエルデンヴァルク家の弱点になりたくありません。だから王家の命に従い、王都へ行きます。そして王太子妃選びに参加します」

もちろん魔力のない私はすぐさま不合格になるだろう。

前世のように乱暴卑劣な手を使ってのし上がりでもしない限り。

「すぐに脱落し、ここへ帰ってきますわ。それで義理は果たせます。王家にきっちり従ったと。それで誰からも文句は言われませんわ」

「だからそんなことは気にしなくていいんだ。家などよりエルト、私たちはお前の方が大事なんだ」

「そうよ、たとえすぐ選抜に弾《はじ》かれて帰るにしても、王都の貴族たちはまたそれをネタにしてアナタを嘲笑《あざわら》うわ！　アナタはそれに耐えられるの⁉」

お父様もお母様も揃って翻意を促す。

「私にプライドなんて……」

「いいえアナタは賢い娘です。賢明な者は望む望まざるに関わらず自分を律して、プライドを備えていくことになります。そうまで勉強し、自分を高めてきたアナタが謂《いわ》れない嘲笑を受けるなんて……私も耐えられない……！」

ありがとうお母様。

私が侮られるのを自分のことのように思ってくれるのね。

でも大丈夫。

笑われることにはもう慣れています。

何しろ前世分の経験が加味されていますから。

「私は、このエルデンヴァルク家の領地でたっぷりと愛情を注いで育てていただきました。この地に住む多くの人々に教えを受け、海の向こうから渡ってくる様々な考えに触れて、一人の人間として成熟したと思います」

だから子どもの頃のように、見下されたり笑われたりしたぐらいで自分を見失ったりはしません。

前世のように暴走をしません。

エルデンヴァルク家はお父様の代では終わらない。

お父様の次をアケロンが継承して、さらに未来へと続いていくわ。その未来を守るためなら、私のできることは何でもやりたいの。

今世の私は両親も弟も、家族が大好きだから。

「王都へ行ってきますわ。ちょっとした旅行気分で、そして王子様にすぐフラれて帰ってまいります」

それで我が家への瑕疵《かし》が少しでも小さくなるなら、私は喜んで笑い物になって来ましょう。

自分のプライドより大事なものを、私は今世で見つけたのですから。

「エルト……いつの間にそんな考え方ができるように……！」

「アナタも立派なレディになったのね……！」

両親は揃って泣いてくれたが、それが悲しみの涙ではなく私の成長を認める嬉し涙だということが嬉しい。

◆

こうして色々揉《も》めた末に私の王都行きは決まった。

考えてみると数奇なことだと思う。二度目の人生を始めて、魔法が使えない自分を吹っ切ったはずなのに。

それなのにかつての自分がプライドを懸けて摑み取ろうとした王太子妃に再び挑もうとしている。

まあ今回は目的がまったく違うけれど。

かつての私は勝って王太子妃になるために挑んだけれど、今回の私は不合格になるために王城へ向かう。

王家への義理立てのために。

だから今回の方が断然気楽よね。

まあ王城へ行くまでの道程に関してだけは、終生王都で暮らしていた前世より、領地から何日もかけて旅しなければならない。

最初はお父様やお母様も同行すると言っていたが、お父様は領主としてのお仕事を急に休むわけにもいかず、お母様もアケロンから離れてほしくないので何とか説得しとどまってもらった。

アケロンも当然領地に残るわ。

弟と長く離れ離れになるのは初めてのことで、旅立ちの際は嫌だと泣かれてしまった。

それが身を切るように辛い。

ごめんなさいねアケロン。

姉さん、可及的速やかに王子様にフラれて、すぐ帰ってくるからね。

死に戻り令嬢、妃選びに参加する

こうして王都へと戻ってきた私、エルトリーデ。

八年ぶりの帰還。

私が八歳まで暮らし、八歳になった頃に去ったエルデンヴァルク公爵家の上屋敷は八年離れていた今もまったく変わっていなかった。

少しは変化があってもいいと思っていたんだけど、留守を任せていた家令が余程キッチリとしてくれていたんでしょうね。

私が寝起きしていた部屋も八年前とまったく変わっていない。

しかしそれだと八歳の少女趣味の部屋に十六歳が寝起きすることになるので、それはそれで問題なのだけど。

「……まずは部屋の模様替えから始めないと、ね」

「左様でございますね」

私に付き添って上京してくれたノーア。

彼女は王都出身なので、彼女の里帰りも兼ねているつもりだった。

久々の故郷でノーアも嬉《うれ》しいのではないかと思っていたけれど……。

「……あのお嬢様、私も王都は随分久しぶりなのですが……」

「ええ、そうね」

「こんなに臭かったでしょうか？」

「……」

ノーアの帰郷一言目の感想に、私も答えが見つからなかった。

私も同じ感想しかなかったから。

「当時は気にしなかったけど、改めて踏み込むと錯覚とは思えないわね」

「ご領地ではまったく感じなかったのですけれど、王都はもう街中から臭ってきてますよね。一体何なのでしょう？」

「街全体の臭いでしょうね。でもこれは王都が臭うんじゃなくてエルデンヴァルク領が臭わないって言うのが正しいと思うわ」

私たちが領地で暮らしていた港町は、上下水道が整備されていて汚水はキッチリと生活区域から隔離されていた。

それは領主であるお父様が心を砕いた結果。

各国から人々が訪れる港町は、快適に過ごせるようでないと腰を据えてくれないし再訪もしてくれない。

――『快適の基本は清潔さ』

お父様はそう言って街中から汚れをとどめない、汚れを発生させない仕組みを精力的に敷いていった。

下水道の配備もそうだし、ゴミの処理施設も私費で建設した。

外国から来たお客様に尋ねて新しい仕組みを取り入れて。お陰でエルデンヴァルク領内の各街は、国内でもっとも清潔で過ごしやすいと評判になっている。

国外からの移住者が多い理由でもあるだろうし、お父様が名領主である理由でもあるでしょうね。

「エルデンヴァルク領の上下水道やゴミ処理施設には外国から学んだ技術が多く使われているの。それが王都にまで伝わっていないんでしょうね」

よしんば伝わるとしても、王都の人々はけして採用しないだろう。

魔法国家であるスピリナル王国では、魔法こそが至高のテクノロジーにして万能の力。

その魔法を持つ我が国が、他国の技術になど頼る必要はない。

そもそも技術や工学などといったものは魔法を得られなかった他国が、その代替品として仕方なく使っているのだから、魔法を持っている我々が下位互換である他国の技術に頼る理由はない！

……と考えているようだから。

「だから王都には悪臭が漂っているのでしょうね。生活の中で必ず出るゴミとか汚水を、キッチリと処理できずにいるのよ」

「不可思議でございますね？　役立つ技術なら率先して取り込めばよろしいでしょうに。そんなに魔法がご自慢なら、それで臭いを消せばいいんじゃないのでしょうか？」

「そんな魔法はないわよ」

私も前世では、魔法を使えるようになろうと何十冊もの魔法書を読み漁《あさ》ったものよ。

でもどんな魔法書にも、ゴミや汚水を処理するような所帯じみた魔法は載っていなかったわね。

魔法とは精霊より与えられた崇高な力。

それを低俗な生活のために使うなど言語道断というのでしょう。

「そう聞くと、魔法ってそんなに便利でない気もいたしますわね。何故《なぜ》貴族様たちは、そんな力をありがたがるのでしょう？」

「魔法が自分たちの価値を証明するからよ。それよりノーア、そんなこと屋敷の外では絶対言わないでよ。もしも貴族が聞いたら無礼打ちもあり得るわよ」

「あら、お嬢様だって貴族でしょう？」

そうだけど。

魔法こそが世界の頂点に立っていると信じてるスピリナル王国生粋の貴族ってことよ。

「アナタを連れて王城へ上がるのが不安になってきたわ。今夜の晩餐会《ばんさんかい》、私語は一切禁止よ」

「お嬢様が命じられるなら拷問されたって喋《しゃべ》りませんわ。でもお嬢様、王都に到着したその日に晩餐会ってなんだか慌ただしくありませんか？」

いいじゃない。

そうなるように調整したのだから。

王太子キストハルトの王太子妃選びはまさに今夜から始まる。

まず王城で大規模な夜会が開かれ、そこに王太子妃候補となる貴族令嬢数百人が一堂に会するのだそうだ。

「本当なら余裕をもって王都入りすべきなんでしょうけど。私は評判の『魔力なし』令嬢でしょう？」

「悪い意味での評判ですわね」

意地の悪い人たちが興味津々で寄ってきたらと思うと。

下手に本番までの日数を確保したら、事前に茶会の誘いでも受けかねない。招待に応じても嫌な予感しかしないし、かといって断ると角が立つ。

だから途上の中継地で上手《うま》く調整して、夜会当日に到着できた。

あとは夜会に参加して、翌朝さっさと出発すれば王都滞在は最小限の時間で済む。

「それともノーアはもっと王都にいたかった？　この悪臭で充満した王都に？」

「さすがお嬢様ですわ！　面倒事は早めに済ますに限りますものね！」

調子のいい従者だけど意見には賛成ね。

魔法が使えない限り、この街に私の居場所はない。私がいることを誰も望んでいないのだから用がある間だけいる方がいいわ。

明日の今頃には、帰途の馬車内でホッと一息ついていたらいいわね。

◆

そしてあっという間に日が暮れて……。

私の乗る馬車は王城の正門を潜《くぐ》るところだった。

「夜でも明るいわねえ」

「左様でございますね。あの明かりはガス灯でしょうか？」

闇夜の中、燦然《さんぜん》と煌《きら》めくクリスタルのように輝きを放つ王城を見て私とノーアはため息をつく。

「王都にガス灯なんてないわよ。ここにある目を引くべきものはすべて魔法で発現したもの」

「じゃあこの光も魔法で？」

「当代の王太子キストハルト殿下は光属性の魔法を得意とされるわ。王太子の膨大な魔力をもってすれば王城全体を真昼のように照らすなんて造作もないでしょうね」

「へえ、魔法も捨てたものではありませんわねえ」

ノーアはただただ感心しているが、私は却《かえ》って平然としてしまった。

何しろ初めて見るわけじゃないから。

前世で初めてこの風景を見た時は、それはもう今のノーア以上に驚愕《きょうがく》したものだわ。

輝きの美しさにただただ見惚《みと》れて……。

魔法の凄《すご》さに心奪われて、同時に怒りが湧いた。

どうしてこの力が私に与えられなかったのか、一人にばかり強大な力がそそがれるのかと。

「お嬢様、そろそろ馬車から降りるようですわよ」

「案外スムーズね」

数百人もの貴族令嬢が集まるんだからもっと入場に手間取ると思ってたんだけど。

王家側も代々王太子が年頃になるたび繰り返してるんだから慣れたものってことかしら。

私は開いたドアから馬車を降り、ノーアも後ろに続く。

「宴《うたげ》の間、アナタは従者用の控室で待機。何か御用があればお呼びを、わかっているわよね？」

「当然ですお嬢様。何か御用があればお呼びを、すぐ駆け付けますので」

念のための確認ではあるけれど心配はないわよね。

ノーアはこう見えて優秀な侍女だし。むしろ問題があるとしたら私の方だわ。

会場に入ったら色々言われるんだろうなあ。嫌味とか皮肉とか、もっとストレートな罵声とか。

耐えられないほど辛《つら》いわけじゃないけれど、好き好んで辛い思いをしようとも思わないのよね。

一応、今世の私は正常な感覚のつもりなのよ。

城内ではどんな厄介事が待ち受けているのかと心中身構えていたら……。

「……あら？」

私の進路を塞ぐ者たちがいる。

三人の若い女性。

場所柄からして、彼女らも王太子妃選びに参加する貴族令嬢かしら。その割にはこんな通路に突っ立っていないで、早く会場に入ればいいのに。

通せんぼするかのような彼女らが、私を見下ろして言う。

「エルデンヴァルク公爵令嬢でいらして？」

「だったら何か？」

応えるとすぐさま彼女らの口端にいびつな笑みが浮かんだ。

ヒトを侮蔑する時に浮かべる禍々《まがまが》しい笑み。前世で嫌と言うほど見たわ。

「『魔力なし』とかいう出来損ないの娘が、年頃ゆえ来るかもしれないと噂《うわさ》になっていましたが、本当にいらっしゃるなんて」

「恥を知らない御方《おかた》なのね。我らが敬愛せし王太子殿下が、アナタごとき出来損ないを相手にすると思って？」

「勘違いするアナタに身の程を知っていただきたくて、ここで待ち伏せして正解でしたわね。これもキストハルト殿下への忠節の証《あかし》。格式ある王太子妃選びが始まる前に、私たちで塵芥《ちりあくた》を払い清めて差し上げますわ！」

これは参ったわね。

王城に入ればどんなトラブルや嫌がらせに遭うかと警戒していたのに。

まさか入る前から騒動が起きるなんて……!?

はあ、もう……。

この行く道を塞ぐ門番気取り令嬢たちを、どう切り抜けたものかしら。

相手は三人。

やはり王太子妃選びに召集されたと推測。

彼女たちもまた王太子妃になろうという野望……もとい夢をもって乗り込んできたんでしょうけれど、それなら自分のことだけに集中して私みたいな木っ端など捨て置けばいいでしょうに。

何よりの問題は、コイツら揃《そろ》って下卑た表情で私を見下ろしていることね。

よからぬ行動を起こそうとしている可能性十割なんだから。

「お嬢様、お下がりを……！」

ノーアが果敢にも声を震わせて言う。

でもやせ我慢なのがバレバレじゃない。一般的な女性が身分遥《はる》かに上な貴族令嬢から睨《にら》まれたら怖いのは仕方のないことだけれど。

「いいのよ、ノーアこそ私の後ろに」

「ですがお嬢様……！」

「この人たちは私に用があるそうよ。直接承らないと失礼に当たるわ」

そう言うと眼前の貴族令嬢たち三人、ホホホ……と嘲りに満ちた笑いを漏らす。

「貴族としての最低限の礼節はあるようね。ニセモノ風情が生意気な」

「そう言うアナタたちは最低限の礼節すらもありませんわね。大勢で一人を取り囲んで威圧するなど淑女の風上にも置けませんわ」

「なんですって!?」

挑発に挑発で返したら覿面《てきめん》に色をなしてきた。

なんでこうやたら煽《あお》ってくる人ほど煽り返したらキレるのかしら。

三人の貴族令嬢のうち、一人が率先してカッカしているのを他二人が諫《いさ》める。

「キジナ様落ち着かれて！　私たちが何のためにここに来たのか思い出して！」

「私たちは、この『魔力なし』が恐れ多くも王太子妃の座を狙っていると聞きつけ、義憤に立ち上がったのではなくて！」

「そうよ！　呼ばれてもいないのにしゃしゃり出てくる悪女！　ここはアナタのいていい場所ではなくてよ！　早々に立ち去りなさい!!」

私だってできることならそうしたいわよ。

アナタたちのような言葉の通じない人にも絡まれるし、本当に来ていいこと一つもないわ。

「私は、正式な王令を受けてこの場に召集されたのです。私は命令に従っただけ。文句があるのなら私ではなく、私の召集を決定した方に言ってほしいですわね」

「王家の裁決に異議があると!?　どこまでも思い上がった御方!!」

だから異議を唱えているのはアナタたちでしょう?

どこまでも話の通じない人たちだわ。

「大体『魔力なし』のアナタが王太子妃の選択肢に上がること自体不敬なのよ！　身の程を弁《わきま》え辞退しておけばいいのに！」

「我がスピリナル王国の誇りは魔法！　その魔法の使えない貴族などあってはならないわ！　その汚点が国家の頂点に寄り添う王太子妃に選ばれるって？　夢見るのも大概になさい！」

好き勝手なことを言う人たちね。

そんなこと、誰よりも私自身がわかっているのに。

「しかしエルデンヴァルク公爵様も愚かな御方。こんな家の恥さっさと処分してしまえばいいのに、無駄に飼い続けるから恥を上塗りすることになるのよ」

「名領主などと褒めそやされているけれど、所詮噂ね。『魔力なし』などを勘当せずにおくのが何より愚かな証拠」

「フン、無能ではあっても見てくれだけはよろしいから。貢物としての価値ぐらいはあると踏んでいるんでしょう」

令嬢たちの視線に、侮蔑だけでなく卑下の色まで宿りだす。

「たしかにお胸だけは無駄に大きいわねえ？　それで王太子様まで惑わせると？」

「色仕掛け程度で王太子様を手玉にとれるとは恐れ多い。そんな傾国の女狐《めぎつね》は我ら忠臣が成敗しなければ」

「ここで潔く身を引けば私たちから嫁ぎ先を紹介してあげてもよろしくてよ？　六十過ぎの老紳士の、四人目の後妻なんていかがかしら？……ひッ!?」

私の眼光一睨み。

それだけでピーピー鳴き散らすスズメたちの喉が凍り付いて止まる。

「王都のレディはいつからこんなに下品になったのかしら？　クズは伝染するといいますし私、領地で暮らしていて正解でしたわね」

「何ですって!?」

「たとえ魔力があろうがなかろうが、私はエルデンヴァルク公爵家の長女、れっきとした公爵令嬢よ。五爵の頂点に立つ公爵の愛娘《まなむすめ》を、爵位を賜った本人でもないドラ娘風情が侮辱できるなどと随分思い上がったわね」

皮肉罵倒で私に勝てると思わないことね。

今世で八年間、真っ当な貴族令嬢として育ってきたけど、それでも前世の悪行を忘れたわけではないのよ。

口撃で相手を追い詰め、心を折るなんてかつての私がもっとも得意としたことなんだから。

「この……『魔力なし』が舐《な》めた口を利くなんて……!?」

「もう許せませんわ！　こうなったら私たちが王家に代わって無礼者に罰を与えます!!」

三人組の一人が何事か呟《つぶや》いたと思ったらその手の平が盛大に燃え上がる。

魔法使ったわねコイツ。

「爵位など関係ないわ！　魔法を使えるかどうかが貴族の価値よ！　さぁ『魔力なし』、その気取った顔を醜く焼き焦がしてあげるわ！　それが嫌なら泣いて詫《わ》びることね！」

「短絡的ね」

暴力に訴えかけるにしても、ただ魔法を使えば何とかなると思っているなんて。

私は、予告もなく前動作さえ見せずに、いきなり両手を出してパンと手を鳴らした。

相手の令嬢の鼻先で。

「きゃあッ!?」

それに怯《ひる》んだのだろう。

集中を乱した貴族令嬢は簡単に魔力の放出を途切れさせ、炎は塵《ちり》となって消えた。

そして生じた隙を見逃さない。

相手の手を取ると引っ張ってバランスを崩しつつ、腕を捻《ひね》り上げて、関節とは逆に押し曲げる。

「ぎゃあああああああッ!?　痛い痛い痛い痛い痛いだだだだッ!?」

関節を極《き》めると、淑女にあるまじき汚い悲鳴が上がった。

さすが箱入り娘は痛みに弱いわね。

「たしかに私は魔法が使えないけれど、だからこそ備えを怠るわけがないでしょう？」

領地で暮らしている間、多くの知識を学び取ってきたけれど、それと一緒に護身術だって習ってきたのよ。

公爵家に仕える騎士たち直伝のね。

「魔法は精霊たちに捧《ささ》げる呪文の詠唱、魔力を集めるための精神統一で必ず出すまでに最低一瞬の〝間〟がある。ここまで肉薄した間合いなら殴りつけた方が早いのよ」

「ぐえええええッ!?　痛い痛い！　放してえええッ!?」

「そう痛いでしょう？　この痛みの中で新たに呪文を唱える精神統一ができるかしら？」

これで一人は無力化できたけど、問題はまだ二人いるってことなのよね。

ヤツらも既に自分の得意らしい属性の魔力を発し、こちらに狙いを定めている。

捕まえた令嬢を盾代わりにすることで封じているけれど、これって膠着《こうちゃく》状態よね。

押すも引くもできなくなっちゃったわ。

でもまあ、ここが王城の敷地内なのは変わりないし、睨み合っていたらそのうち誰か介入が入って状況が変わるかしら？

その際『魔力なし』ってことで私が無条件に悪者にされかねないけれど……。

「そこまでだ」

……などと考えていたら案の定誰か来たわ。

しかもそれは……。

「……キストハルト王太子!?」

なんと今日の席の主役……王太子キストハルトではないか。

見間違えるはずもない。

前世で散々見惚れてきた輝く金髪、甘く整った美貌は今世でも健在なのね。

しかしなんでこんなところに王太子殿下が？

貴族令嬢の方も、自分らが仕えるべき最高権力者の登場に驚き慌てる。

「き、きききききキストハルト殿下！」

「お聞きください！　この『魔力なし』がいきなり我々に狼藉《ろうぜき》を！」

そして淀《よど》みなく私へすべての罪を着せようとする。

呪文の詠唱よりずっとスムーズだわ。

「この女！　恐れ多くも『魔力なし』の分際で、殿下の妃《きさき》に収まろうなどと分際を弁えませんわ！」

「そのことを我らが注意すれば激情し、暴力に訴えかける！　それでこのざまです！　このような乱暴者に王太子妃が務まるわけがありません！」

「どうかこの女に退去をお命じください！」

まあ『出て行け』と言われたら喜んで従いますけどね。

王子様はどのように出るかしら？

「アーパン伯爵の長女キジナ」

「は？」

「それにミトウェル伯爵家の次女サルシュワにセサミント伯爵の妹ビゼンスだね？」

「は、はい……!?」

どうやらこの三人の貴族令嬢それぞれの名前らしい。

まあさすがに自分らが招いた王太子妃選びの候補だし、名前を覚えているのは最低限の礼儀ね。

普通ならば王族に名を覚えてもらえているなんて光栄の極みだけれど、この状況じゃそうも言っていられない。

「まずキミたちの誤解を解いておきたい。今日この夜会に集まった令嬢たちは勝手に押し掛けたわけではない。誰一人として例外なく、王家からの命令で呼ばれたのだ。そこにいるエルデンヴァルク公爵令嬢エルトリーデもそうだ」

「は、はい……！」

「よって彼女がここにいることに彼女の責任は一切ない。彼女は王家の命令に従った……むしろ貴族として当然の振舞いをしただけだ。文句があるなら彼女自身ではなく、命令を出した王家へ物申すべきだ。エルトリーデ嬢がさっきそう言っていたようにね」

あら。

それを知っているということは、けっこう前からこの揉《も》め事《ごと》に気づいて成り行きを見守っていたということかしら？

いい性格をなさっているわ。

「そして王太子であるオレは、国王陛下に次いで王家そのもの。不満があるなら今ここで、キミたちの諫言《かんげん》を聞こうじゃないか」

「そんな……不満など滅相もない……！」

「では何故キミたちはエルトリーデ嬢を囲んで脅かしていたのかな？　彼女自身も名乗ったように公爵家の令嬢を、伯爵家の親族風情が揃いも揃って？」

「ひッ？」

あら。

何かしらこの流れ？　むしろこの貴族令嬢たちが咎《とが》められている？

せっかく自分が責められるのかと身構えていたのに肩透かしの流れだわ。

「とにかく、ここは今宵《こよい》オレの妃となる女性を選出するために開かれた会場だ。審査に臨むつもりのない者たちは速やかにお帰り願おう」

「そ、そうですわよね！『魔力なし』令嬢など王太子妃選びに参加する資格もありませんわ！」

「オレは、キミたちに言っているんだが」

「「「えッ!?」」」

私に絡んできた貴族令嬢三人。

その現場をよりにもよって王太子キストハルト様に見咎められて、哀れ退場を言い渡されてしまう。

「退場!?」

「そんな、私たちは王太子妃となるために今宵……!」

やっぱり彼女らも王太子妃選びに参加した候補だったのねえ、と他人事《ひとごと》のように見守る。

それに対する殿下は冷然としていた。

「キミらが会場にも入らず、こんなところでまごついているのを見るに、王太子妃となる意思はないと受け取ったがね」

「それは、不遜な『魔力なし』を……」

「王太子妃になることそっちのけで、弱い者いじめを優先したってことだろう。それに加えて、さんざん見下した『魔力なし』に後れを取るなど実力的にも王太子妃にはなれそうもない。時間を無駄にせず、早々に引き上げるといい」

王太子から命じられたら従うしかない。

最初に私に立ち塞がった気勢はどこへやら、三人は肩を落としスゴスゴと引き下がるのだった。

その背中へ王太子殿下が追い打ちをかけるように言う。

「安心しなさい。キミたちごときの所業を覚えておくにオレの記憶力は貴重すぎる。半年もすれば綺麗《きれい》さっぱり忘れて、またキミたちと笑顔で会うこともできるだろう」

それは実質的な半年間の出禁通達。

王太子がいる可能性のある場所、王城他様々な重要施設に足を踏み入れにくくなったということ。

王太子妃の夢は断たれても、必ずどこかへ嫁入りしなければならない適齢期の貴族令嬢にとって、あまりにも痛いペナルティですわね。

「お待ちください」

このまま終わらせるかと私が口を挟む。

それを見て表情を輝かせる貴族令嬢たち。

なんでかしら？　まさか私が執り成しを買って出るとでも？

世に流布する物語では善良な令嬢が、苛烈すぎる恋人王子様に慈悲を乞うシーンというのがよくあるらしいけど、甘いわね。

私は前世で悪逆の限りを尽くした女、いわば悪役令嬢よ。

「アーパン伯爵家にミトウェル伯爵家、それとセサミント伯爵家でしたわよね？」

「は？」

先ほど王太子が仰《おつしや》られた彼女らの家名。

「それらのお家全員、我がエルデンヴァルク領内の貿易港を使い様々な物品を輸出入されておりますわよね？」

「え？」

令嬢だからと言って甘く見ましたわね。

私、この年でもうお父様の仕事を手伝って、港の利用者の名前は頭に叩《たた》き込んでいますの。

「いずれも生活に重要な物品を海の向こうから買い入れたり、逆に主産物を輸出して大きな利益を得ていますわね。それも我が領内にある貿易港を使用してこそ……」

「あの、まさか……!?」

「アナタたちの言う通り、お父様は大変親バカで……。私のことをとても可愛《かわい》がってくださいますの。今夜のことをお話ししたら、きっとお怒りになることでしょうね」

そこまで言うと青い顔だった貴族令嬢たちの顔色がさらに青く、終《しま》いには蒼白《そうはく》になった。

何か言いだそうとしたが押し黙る彼女ら。

私の隣で王太子様が睨みを利かせるので何も言えず、結局泣きそうな顔になりながら走り去っていった。

災難が去って王城の外敷地に、王太子と二人きり……じゃなかったわ。ノーアがいたわ。

「キミもエグい脅しをする。交易を断ち切られ、物金の流れをせき止められれば彼女らの領は瞬く間に干上がる。王族に疎まれるよりもダメージが大きい」

「私そんなこと一言も明言しておりませんわよ。向こうが何を想像するかは勝手ですが」

もちろん実際に交易ルートをせき止めたら大問題になる。周辺貴族や王族まで介入してくるほどの。

『娘が脅された』ぐらいでそんな暴挙に出たら逆に公爵家の方が非難の対象になりかねない。

「だからあくまで彼女たち自身で危険に気づいてほしかっただけですわ。万に一つの可能性にでも恐れをなすぐらいなら最初から絡んでこなければいいのです」

私を『魔力なし』だと言って侮りすぎてはいけない。

世の中には魔法以外にも相手の息の根を止める方法がたくさんあるのだと学んでほしいわ。

「キミは聡明《そうめい》だな。それでいて思慮深い。噂に聞くところとはまるで違う」

「どのような噂でしょう？」

聞くまでもなく知っているけれど。

公爵令嬢に生まれながら魔力を持たない無能。そのお陰で人格も歪《ゆが》んで育ち、利かん気の強い癇《かん》癪《しゃく》持ち。自分を誇示するようにわがまま放題で、周囲に言うことを聞かせようとする手の付けられない子ども。

それが私の八歳までのイメージで、前世の記憶が甦《よみがえ》るまでの間、私は前世と同じ性格だった。

前世の記憶が甦り即日領地へと引きこもったので王都界隈《かいわい》ではあの当時のイメージがそのまま保存されているのだろう。

どうでもいいことだけれど。

「……お礼を言うべきなのかしらね？」

今頃気づいて切り出す。

結果としてみれば私に絡んできた貴族令嬢三人、追っ払ってくれたのはこの王太子様だし。

まさしく王子様らしい颯爽《さっそう》とした登場だったわね。

「必要ない。ほとんどキミ一人で片づけていたところだったしね。オレは最後に美味《おい》しいところをかっさらっていっただけだ」

「はしたないところをお見せいたしましたわ」

「いや、いい動きだった。近衛《このえ》騎士にもあんな見事に動ける者が何人いるか。エルデンヴァルク公爵令嬢は魔法を使えぬと聞いたが、だからと言って努力を怠る人ではないようだ」

「褒められているのか貶《けな》されているのかわかりませんわね」

ついついトゲのある口調になってしまった。

何なのだろうこの状況は？

王城に入る前に王太子と真正面から相対するなんて、他の多くの令嬢に紛れ込んで、できるだけ意識に入らないようにして人知れぬまま退出する計画だったのに。

「……本当に来るとは思わなかった」

「今宵のお妃選びに……ということでしょうか？」

いきなり何を言い出すのか。

聞き捨てならない言葉に私も思わず口調が鋭くなる。

「王太子妃選びに参加するよう命じてきたのは王家でしょう。私はただ従ったまでです。王家に仕えることが貴族の義務ですので」

「しかし、この国の価値観を思えば『魔力なし』のキミが王太子妃の座に就くことは極めて難しい。無理を承知で不可能に挑戦するのは、ただ王家からの命令だからというだけか？」

「王太子殿下、私そのような大それた考えなど持っておりませんわ。私ごとき、歯牙にもかけられぬのは承知の上」

「では何のために？」

「そうですね、強いて言うなら選ばれぬためにでしょうか」

どうせ私は最初の篩《ふるい》に落とされて不合格となる。

ただそれで『王家の命に従い』『王太子妃選びに参加して玉砕する』という事実だけは残る。

「私は恥を被るでしょうが、それをもって王家の命令を順守したこと。エルデンヴァルク家の忠誠心を、どうかお心に留めおきください」

「あ、ああ……！」

「私だけではありません。この夜会には国内全土から令嬢たちが呼び集められましたが、真実王太子妃の栄誉に輝くのは一人だけ。それ以外の全員が私と同じ恥を被ることになります。そのことに対して殿下、どうか皆々に報いていただけますよう」

「……もちろんだとも」

どこか気圧《けお》される様子を見せる王太子。

「ではエルトリーデ嬢、随分とごたついてしまったが王城に入り、夜会を楽しんでくれ。王太子妃選びの目的はあるが今宵は宴の席だ。日々のしがらみを忘れて大いに楽しむのもいい」

「王太子殿下の御心のままに」

私は一礼し、ノーアを伴って王太子の前を通り過ぎた。

ノーアは立て続けの想定外の事態に喉が固まって声も出ない様子。

まあ仕方ないわよね。身の危険にさらされつつ救いに現れたのが王太子。

使用人どころか並の貴族でも頭が真っ白になりかねないわ。

私としても一言も交わさずに凌《しの》ぐ予定だった王太子と割かしたくさん話し込んで想定外だったわ。

あれでけっこう慌てて、対応も完璧ではなかったかも。

でもまあ、前世で初めて会った時よりは上手くやれたかもだわね。

あっちの方が正真正銘の初邂逅《かいこう》だったし。何より私は『絶対に王太子妃にならなければ』と意気込んでいた。

必然王太子に気に入られなければならないから緊張度も段違いだったわ。

それに比べれば今世では王太子妃なんか目指していない。王太子に気に入られる必要なんかないので発言もある程度自由。

気楽なものだわ。

そう、もうあの王太子に気に入られる必要なんてない。

私は王太子妃にならないのだから、彼を愛する必要も、愛される必要もないのだわ。

多少予定は狂いはしたが、できるだけ早い段階で脱落し、さっさと領地へ帰りましょう。

◆

王城に入ると、内部の光景はこれまた豪勢なものだった。

王城の他にあり得ないというほど大きなホールに、人がひしめき合っている。

そのほとんどが美しく着飾った令嬢で、だから余計に城内は華やかだった。

「相変わらず豪勢な場所ね。アゲハチョウが巣作りでもしたらこんな風になるのかしら？」

というほど鮮やか。

これだけ豪華《ごうか》絢爛《けんらん》な光景は、それこそ前世で王太子妃選びの夜会に参加して以来だわ。

今宵のために着飾った貴族令嬢たちのドレスも本当に鮮やか。

この国の令嬢たちが着るドレスは一風変わっていて、たとえばあっちに立っている明るそうな令嬢のドレスは肩口から幾本か細い糸のようなものが伸び、その先端がロウソクのような明かりに灯《とも》っていた。

さらにあっちの令嬢はドレスを覆うショールそのものが水でできていて、取り込む明かりを艶《つや》やかに反射して独特の光沢を作り出す。

あれらすべては魔法で形作られたもので、自身の美しさを誇示するのと同等に、自身の魔力の高さを示すものでもあった。

あれだけの魔法現象をくつろぎながら維持できるという、実力を。

王太子妃の選抜には魔法の資質が重要な判断基準になるのだからアピールするのは当然のこと。

……私？

私はもちろん普通の何の変哲もないドレスよ。

何しろ魔力がないんだから一般的な着飾り方をするしかないわよね。

多くの令嬢たちが魔法と取り合わせた、幻想的なドレスで着飾っている。

そんな中で魔法の力を借りずに着飾るだけの私は却って目立つ。

すぐ好奇の目に留まって、幾人かの令嬢が寄ってくる。

「あらあら、随分と珍しい装いね？　魔法による装いがまったくありませんわ」

「アナタの得意な属性は風？　それとも土かしら？　どちらにしろ魔力も感じられない装飾なんて控えめすぎではありませんの？」

そう言う令嬢たちのドレスはピカピカと煌めきが深い。

まるでステンドグラスを着て歩いているようね……と思ったが口には出さずにこやかに答える。

「よい夜ですわね。エルデンヴァルク公爵令嬢エルトリーデと申します」

「エルデンヴァルク……？」

「あの『魔力なし』令嬢……!?」

名乗りさえすれば皆まで言わず伝わる。

私のことは随分と噂になっているでしょうからね。

エルデンヴァルク公爵は夫妻揃って強力な魔法使い、その二人の間からあろうことか魔力のない出来損ないが生まれたと……。

「あらあら、ここ数年姿を見ていませんでしたが、まだ社交界におられましたのね」

「とっくに家を追い出されたか……いえいえ、何でもありませんわ」

令嬢たちの視線からたちまち嘲りの色が浮かぶ。

前世の私だったら、もうここで怒声の一発張り上げているところだわ。

『魔力なし』でも公爵家の権力財力があれば黙らせられる相手の方が多い。

それでもすれば公爵家の品格は著しく落ちるけれど。

今世ではまずお家第一よね。

「ご無沙汰しておりますわ。ここ数年はずっと領地で過ごしておりましたので王都は随分久々ですの」

始まりは下手《したで》に出ておく。

相手方の令嬢は、こちらの腰の低さに伍《ご》しやすい相手だと思ったのか。

「あら『魔力なし』の身を恥じて田舎に引っ込んでいたのですわね」

「しかし正しい判断ではありませんの？　わざわざ社交界で暴れて恥を晒《さら》すよりはね？」

「まったく姿を見かけないものだからてっきり修道院にでも放り込まれたか、国外へ追い出されたのかと思いましたわ。ゴミは屋敷の外へ捨てるに限りますからねえ」

「わたくしの予想では殺処分かと、当時はどのような末路をたどったかで賭け事が流行《はや》ったものですわ。結果が知らされなかったので勝負がつかなかったのが残念ですけれど」

「ホントに、消えてくれるなら最後ぐらい楽しませてほしかったですわ」

好き放題に言う。

でも、前世での罵詈《ばり》雑言《ぞうごん》も概《おおむ》ねこんなものだったわね。

「ですがせっかく田舎に引きこもっていたなら、こもったままでいた方がよかったのではなくて？この花の王都に、わざわざ恥を晒しに上ってこられるなんて」

「たしかに『魔力なし』ではどんなに素敵な魔法ドレスも着こなせませんものね。自分の貧相な姿を晒すだけですわ。それに引き換え私をご覧になって、四段階の地属性装飾ですのよ」

と自身のドレスをひけらかす令嬢。

ドレス全体がガラス質のような輝きをキラキラ放っている。地属性の結晶化魔法を使用しているのだろう。

私はあくまでニコニコと笑顔を作り……。

「まあ素敵なお召し物。素材は麻かしら？」

「え？」

「スピリナル王国内では現地で手に入るものが一番扱いやすいですものね。レースやフリルといった装飾も、魔法があるので必要ない。羨ましいですわ」

あくまで微笑《ほほえ》みをたたえて、言う。

「私のドレス、地味でしょう？　私自身、魔法が使えないものですからせめて素材だけには拘《こだわ》ろうと、外国から取り寄せた高級絹をふんだんに使いましたの」

「き、きぬ……？」

「専門の職人に作ってもらったレースとフリルをあしらいまして、おかげさまで魔法装飾に頼らずとも何とか様になっております。大変費用がかかりましたが……。そうですね、ザッとアナタ方のドレスの六十倍の値段はしますでしょうか？」

「「ろくじゅうばいッ!?」」

今日のためにお父様お母様が、財力と人脈の総動員で作り上げたドレスだわ。

私の黒髪が映えるようにバラのような紅色で、文化芸術で有名な隣国ルネツィアの代表的デザイナーに注文し費用を飽かせて作製してもらった、間違いない一級品。

私の体型を引き立てるようにと胸元を大きく開かせたのは疑問が残るけど。まあ私自身も満足の着心地だわ。

「魔法が使えないばかりに財力に一層頼らないといけませんから。皆様方が本当に羨ましいですわ。

他国ならアナタ方のドレス、貧乏貴族ですら恥ずかしくて着れないレベルですが、魔法の力でそんなに素敵に映えますもの」

「お、お褒めに与《あずか》り光栄ですわ……！」

本気で褒め言葉なんて思っているのかしら？

でもそういうことにしておかないとプライドが保てないものね。

「ねえ、そろそろ他の席へ移りませんこと？」

「そうですね、せっかく国中の令嬢が集う夜会ですもの。『魔力なし』だけにかまうのも建設的ではありませんわ」

そそくさと離れていった。

とりあえず、これで一息つけそうね。

でも安心する暇もなくまた誰かから絡まれかねないから、まだまだ気が抜けないわ。

ジロジロとこちらに集まってくる視線はいまだに感じるし。

本当に早く終わってくれないものかしら。

……こうしている最中も、夜会に参加している令嬢たちの常態的な魔力を計測して、順番をつけているのでしょうね。

そうして一目見て水準に足りないとわかる令嬢をふるい落として、より詳しい選抜へ進む。

いわば今宵は一次審査というところね。

明日以降二次三次と審査が続いていき、国内一の女魔法使いが決められる。

前世で体験したことだから大体心得ているのよ。

当時の私は今よりもっと熱心に打ち込んで、ライバルとなる候補令嬢も研究したものだけど。

……。

そうね、こうして壁の花になっていても時間は飛ばない。

何か物思いにでも耽《ふけ》っていた方が時間もさっさと過ぎ去っていくかしら。

では暇潰しがてら、王太子妃選抜の有力候補をおさらいしていきましょうか。

私の前世では、最終的に四人の令嬢の中から王太子妃が選ばれるだろうと言われていた。

伯爵令嬢アデリーナ・フワンゼ。

侯爵令嬢ファンソワーズ・ボヌクート。

辺境伯令嬢セリーヌ・シュバリエス。

公爵令嬢シャンタル・ウォルトー。

これらの令嬢たちは同年代の中でもずば抜けた魔力量の持ち主で、単純に甲乙つけがたい。

そこまで高位の魔力保持者が絞られてからやっと家柄やら性格やらの比較が行われ、最終的な決定が下されるはずだった。

私？

私なんて箸にも棒にもかからないわ。一次審査で真っ先に落とされるレベルよ。

それを実家の力でもって無理矢理候補に居座ったのよね前世では。

そんな私も情報収集能力だけを駆使して、早い段階でこの四人の優秀さを割り出して危険視していた。

自分が王太子妃になるためにはこの四人を何としても蹴落とさないと……、と。

だから彼女たちは、前世の私の暴走の第一被害者ともいえる。

『魔力なし』の私が、財力と権力で慣例を打ち破り、無理矢理王太子妃に就くためには、正統派で高い魔力を持つ四令嬢を排除しなければならなかったのだから。

自分を認めさせるしか頭にない前世の私の標的となり、その後の人生を歪められた令嬢もいれば、治療不可能の大怪我《おおけが》をした令嬢もいる。

今考えれば、どれだけ自分が愚かであったか想像するまでもないわ。

時間の巻き戻りによって私の愚かな行いがなかったことになり、私に傷つけられた彼女らもやり直しができる。

今世、私は一切邪魔をしない。

もうとっくに自分の存在を弁えているから。

私は私で、自分に相応《ふさわ》しいスケールの幸せを家族と一緒に追い求めていくから、彼女たちも今度こそ自分自身の努力で幸せを摑《つか》み取ってほしいものだわ。

そう考えるとまず最初に脳裏に浮かんだ令嬢の顔は……。

伯爵令嬢のアデリーナさんね。

彼女はフワンゼ伯爵家の娘で、有力候補四人の中でもっとも家格は低い。

でも先天的に高い魔力を生まれ持ったようで、家を盛り立てる秘蔵っ子として厳しく育てられたんだとか。

私とは正反対ね。

王太子と年が近いこともわかっていたし、いずれは王太子妃の座も狙えるものと期待したんでしょう。

この王太子妃選びにも満を持しての投入。

でもアデリーナ嬢は、今日の一次審査の夜会で脱落することになる。

私という悪魔によって。

前世、王太子妃を目指して入念な情報収集をしていた私は、実質的なスタートの前にアデリーナ嬢の有力さに気づいていた。

彼女を排除するために打ってつけの極秘情報にも。

彼女には恋人がいたのよ。

もちろん王太子妃として嫁ぐべきキストハルト殿下じゃない。

相手は侯爵家の三男坊。

家格的にアデリーナ嬢の実家よりは上だけど、家を継ぐ資格のない三男では、物件として王太子より遥かに劣る。

娘を使ってお家繁栄を……と企《たくら》むアデリーナ嬢のお父上がとても許すはずがない。

アデリーナ嬢は想《おも》い人《びと》のことを親にも告げられぬまま、ついに王太子妃選びに強制参加。

晴れて王太子妃に選ばれれば当然、本当の恋人とは結婚できない。

親の野望に引き裂かれる悲しき恋人たちというわけね。

そこに目を付けた邪悪な蛇……それが私。

他の男の存在なんて妃候補を蹴落とすにこれ以上ない優良ネタ。

しかも前世の私は徹底的に利用しようと最悪のタイミングでの暴露を計画した。

前世での一次審査の夜会。

私はまずアデリーナ嬢の恋人の侯爵三男を誘導し、この夜会へと呼びよせた。

そこで王太子妃にならんと悲壮な決意を固めたアデリーナ嬢に対面させ、捨て去ったはずの想いを甦らせた。

やはり離れられないと二人が固く抱き締め合ったところで、夜会の参加者全員に暴露。

王太子にも、アデリーナ嬢の両親にもね。

別のタイミングならそこまで大事にもならなかったんだろうけど、妃選びの現場ということになったので最悪の結果になった。

アデリーナ嬢は、妃候補に挙げられながら他の男に想いを移したということで厳罰となり、修道院送りに。

相手の侯爵子息も勘当になって、その後の行方はわからない。

すべてそうなるように私が仕組んだこと。

前世の私は、自分以外の魔法を使える令嬢すべてを憎み、必要以上に害そうとした。

本当に救いようがないわね。

……。

思い出すたびに眩暈《めまい》がするわ、自分の邪悪さに。

自分の望みを叶《かな》えるためにあらゆる手段を模索する、そこまではいいわよ。

でもそのためにヒトを陥れるのは許されないでしょう！

しかも必要以上に叩きのめして人生をぶち壊しにしてもいけないでしょう!?

アデリーナ嬢が私に何をしたというのよ!?

たしかに彼女は生まれついて多くの魔力量を保持していた。ある意味私と正反対ね。

そんな彼女に、私は恨みを抱いた。

恨みというよりは、嫉妬という卑屈な感情。

『私は魔力がなくてこんなに苦労しているというのに』『生まれながら余人以上に魔力に恵まれたお前が、どうしてそのことを迷惑がっているのか？』と。

だから私は必要以上にアデリーナ嬢を追い込んだのね。

『王太子妃になる』という利己目的だけに留《とど》まらず、持たざる者からの持てる者への僻《ひが》みが、過剰な攻撃性を発揮した。

その結果、アデリーナ嬢は王太子妃候補から脱落して……。

……望む男性とも結局結婚できなかった。

わざわざ王太子妃選びの会場で密会現場を押さえられた二人は、不埒《ふらち》だとして女性の方は修道院行き、男性の方は勘当からの行方知れずとなってしまった。

最高にして最悪のタイミングをあえて狙った私の、すべては計画通り。

ホントなんて邪悪だったのかしら前世での私は？

しかし今世では事情が異なる。

今、邪《よこしま》の化身とも言うべき腹黒い悪魔は存在しない。

王太子妃の座を狙い奸智《かんち》術数が巡らされることもないので、そもそも彼女らは陰謀に陥れられることもない。

二人を取り巻く困難は、王太子妃の座を巡る過酷な競争のみ。

その結果がどんなに最悪だったとしても、前世のような修道院行き&行方不明という悲惨な結末にはならないだろう。

でも、それだけ？

私の悪巧みはなくなったとしても、それで二人の恋路が成就するかは決まらない。

相変わらずアデリーナ嬢は親の期待を強いられて望んでもいない王太子妃の座を目指し続けるだろう。

恋人の男性は、そんな彼女を見守るしかなく悩み苦しむに違いない。

「……」

物思いにふけっていたら気になってきたわ。

恋人の男性はともかくアデリーナ伯爵令嬢は、この夜会に参加しているはず。

今世では絶対彼女を陥れないと誓った私だが、ちらっと様子を窺《うかが》うぐらいなら大丈夫でしょう。

そう思って彼女の姿を探すことにした。

◆

程なくしてアデリーナ伯爵令嬢を発見。

うん、前世で見た通りのお姿だわ。

稲穂に近い色の金髪で、それを肩のラインで短く切り揃えている。

顔立ちはあどけなさが残り他の令嬢に比べたらやや華々しさが不足しているかもしれない。

まあ美貌なんて魔力の保有量に比べたらあってもなくてもいいぐらいの王太子妃における判断基準だけど。

着ているドレスも魔法装飾が施されているけれど、他の令嬢より地味ね。

彼女の生まれたフワンゼ伯爵家は、そこまで裕福でないと聞いたわ。

それなのに愛娘へ過大な期待をし、少ない家財を切り詰めて魔法力を鍛えるための教育を施した。

その結果が修道院行き（前世）じゃ、彼女の親も報われないわね。

見たところアデリーナ嬢も元気そうだし様子見という目的は果たせたけれど……。

ここからどうしようかしら？

今世でも彼女を陥れるなんて絶対にないから、できる限り私は距離を置いた方がいいのだと思う。

でもどうしても気になるのよね……。

何がって？

アデリーナ嬢がどこかへ向かっているのよ。

夜会の会場から外れた別の場所に。

「まさか……」

関わるべきではないと頭ではわかりながらも足を速めて、彼女の背中を追ってしまう。

アデリーナ嬢はズンズン進み、ついに夜会の会場から出て行ってしまう。

「どこに行こうというの？　夜会にいなければ王太子の目に留まることもないのよ？」

いくら高い魔力量を誇っても、それだけで獲《と》れるほど王太子妃の座は甘くはない。

単純に魔力量でも彼女に比肩する令嬢があと三人はいるのだし、その方たちと競い合って勝っためにも、やはり王太子本人の気に入られるように色目を使っておくことぐらいは必要。

今日の夜会はその絶好の機会でもある。

「戦いはもう始まっているのよ……！」

本気で頂点に寄り添うことを望むなら。

……ああ、彼女は別に望んでないわね。

前世の私は何よりも王太子妃となることを望んでいた。自分の価値を証明するために。

この歯がゆさは、その名残なんでしょうけれど……。

自分の中で起こる心境に戸惑いつつも、迷わずどこかへ歩いていくアデリーナ嬢に何かしら予感がしだした。

私としては悪い予感が。

アデリーナ嬢はとうとう王城の建物からも出て、夜空の下へと身を投げ出す。

ここは、王城内の中庭ね。

庭師によって丁寧に整えられた植木が広がる中、まだ歩み進むアデリーナ嬢の先に一人の男性が待っていた。

……やっぱり！

あれこそアデリーナ嬢の恋人の侯爵の三男坊だわ！

前世では私の手引きで王城へ入れたのに、今世では自力で忍び込んできやがったわ！

それだけ恋人への思いが強いということ？

私が隠れて混乱しているのを横目に、恋人たちは月に照らされながら愛を囁《ささや》き合っていた。

「ああベレト……本当に来てくれるなんて。アナタの魔力が届いた時は夢かと思ったわ……！」

そうか彼女の恋人……ベレトという名前なのね、今世で初めて知ったわ……彼もこの国の貴族であるからには魔法使い。

どの程度の腕前かは知らないけれど、離れたところから意思を伝達する類の魔法を使った。

だからアデリーナ嬢も迷わず駆け出したってことね。

「アデリーナ、キミは間違いなく王国一の女魔法使いだ。それだけでなく輝くように美しい。春に煌めく女神のように」

いや、そこまでじゃないと思うけど。

恋は盲目ってヤツ？　あばたもえくぼ？

「キミならば本当に王太子妃になることもできるだろう。お父上がそう思うのもわかる。オレのようなうだつの上がらない部屋住み貴族など釣り合わない。そう思って一時は身を引こうとしたけど……無理だった」

「ベレト……！」

「二人で逃げよう、こうなったら家のことなど知ったことか。キミだけが大事だ。二人で逃げて、誰もオレたちの知らない場所で二人で暮らそう」

「アナタとならばどこへだって行くわ！」

ちょっと待ちなさい！

よりにもよってなんで今そんな決断をするの!?

今日より前ならいつでもよかったのに何故今!?

アナタたちがどんなに愛し合おうと、アデリーナも立派な王太子妃候補なのよ！

そのアデリーナを連れて逃げれば、未来の王太子妃をかどわかしたも同じ。

王家だって面子《メンツ》を潰されたとなって追跡する。捕まえるまで絶対追うのをやめない。

何しろ王家なんだから。

いいとこ育ちの二人が手を取り合って、逃げ切れるなんてとても思わないわ。

そして捕まったら待っている結果は前世と同じ……。

修道院か、勘当か。

ああ、今世では私は何の悪巧みもしてないのに。

なんで前世と同じ悲劇的な結末に向かっているの!?

そして偶然にも、そのバッドエンド一直線の流れに立ち会ってしまった私はどうすればいいの!?

見て見ぬふり？

前世ではみずからその流れを作って二人を突き落とした私が。

これで見殺しにしたら結局前世の悪女と同じってことにならない？

一体どうすればいいのよ!?

死に戻り令嬢、恋路を援ける

物陰に隠れながら恋人たちを見守る私、エルトリーデ。

ヤツらは完全に自分らの世界へイッちゃっているのか、隠密《おんみつ》でもない私の気配に気づきもしない。

できればこのまま人知れない存在でいたかったけれど、そうもいかないわ。

このまま放置していたら、あの二人に待っている結末は間違いなく破滅。

彼女らが破滅しようとしまいと私には何の影響もないんだけれど、前世では私の野望に巻き込まれたせいで二人は不幸になった。

今世で再び不幸になったとしても、私が関与していなければ私的にはＯＫなの？

そんなわけないわよね？

ここで知ってしまった以上、何もしないで見殺しにすれば絶対明日のごはんは美味《おい》しくなくなるわ。

何もしないことも悪。

まったく偶然にしろこの場面にカチあったのは幸運なのか不運なのか……!?

「待ちなさい!!」

「「ええッ!?」」

物陰から飛び出てきた私に、浮かれ恋人たちはやっと気づいたようだ。

そしてこの逢瀬《おうせ》は誰にも見られてはいけないというもので当然、遅まきながらも身構える。

でも本当に遅いのよ。

「アナタは一体!? ここで何をしているのです!?」

「私のことはどうでもいいわ。それよりもアナタたちのバカげた計画が、本当に上手《うま》くいくと思っているの？」

その指摘に、ギクリと身を硬くする男女。

かなり前から盗み聞きされていたことに今さら危機感を持つ模様。

「ぬ、盗み聞きとは無礼な！ 貴族のすることか!?」

「駆け落ちだって貴族にあるまじき暴挙ね」

今さら言うことがそれか、と私も呆《あき》れを禁じ得ない。

同時に私は確信を覚えた。この浮かれ切った二人が手に手を取って逃避行に駆けだしたとしても、成功は万に一つもないわ。

「そこの殿方わかっているの？ アデリーナ嬢は王太子妃選びの第一段階である夜会に参加中、つまりは現状れっきとした王太子妃候補なのよ。それを連れ出せば、王太子から女を寝取る行為に他ならないのよ」

「そ、それは違います！ 私はずっと以前からベレト様をお慕いしていました！」

「だったらなんで今日の夜会に出席したの？　何を言おうと出席した時点で、王太子妃になる意志があると表明したようなものよ」

「それは、お父様が無理矢理……！」

アナタの事情は私だって重々承知よ。

何しろ前世で履修済みなんだから。だからこそアナタたちの今の暴挙を見過ごせない。

「とにかく行動を起こすならもっと早くにするべきだったわね。今ここで彼女を連れ去れば、どんな事情を並べ立てようと王太子をコケにしたことになる。王家は行動をとらざるを得ないわ」

王家の面子《メンツ》に泥を塗ったアナタたち二人を、絶対に捕まえるでしょうね。

お坊ちゃまお嬢様育ちの二人が、逃れきれるとは思えない猛追跡よ。

「オレがいけないいんだ……！」

アデリーナ嬢のお相手の男性が震える声で言う。

「アデリーナのことを想《おも》いながら、お互いの立場にクヨクヨして行動を起こせなかった……！　そのくせ、いざ王太子妃選びが始まると、彼女が手の届かないところへ行ってしまう実感が湧いてきて……絶対に嫌だと、いても立ってもいられなくなって……！」

「いいのよベレト！　私はとても嬉《うれ》しいわ!!」

隙あらば二人の世界を作り出すのやめてもらえます？

アンタらがこのタイミングで激発した経緯は理解したわ。

だからと言って見過ごすことはできないけれど。

「……せめて、もう少し待つことはできないの？　今のアデリーナ嬢はたしかに王太子妃候補だけれど未来永劫《みらいえいごう》そうではないわ」

むしろ状況は速やかに変化する。

王太子妃選びはこれからズンズン進んでいくし、そのたび多くの令嬢がふるい落とされていくことになるわ。

「アデリーナ嬢も選考からはじき出されれば、晴れて王太子妃候補の立場から解放される。それから求婚なり思うさますればいいことじゃない？」

「そんなことはない！　アデリーナは最高の女性だ！　王太子殿下もきっと気に入って王太子妃に選出するに違いない!!　だからチャンスは今しかないんだ！」

正気を失わないでほしい。

この人たちが恋に追いつめられて正常な判断ができないことはわかったわ。

「あの……アナタがどこのどなたかは存じませんが……」

そう言えば名乗ってすらいなかったわね。

でも私のことは通りすがりのお節介焼きぐらいに思っていればよいわ。

「彼の言うこともあながち間違いじゃないんです。私たちが結ばれるにはもう今夜が最後のチャンスだって」

「どういうこと？」

「私の父は、私が必ず王太子妃になると大きく期待をかけています。それ以外の結果などないと。だから私が手を抜くことを絶対に許さないはずです」

仮にも娘に期待をかける親なら、ずっと見てきたから手を抜いているかどうかはすぐわかる。

アデリーナ嬢も有力候補に挙がるほどの魔法令嬢。本気で努めれば真実王太子妃に選ばれることもありうるし、そうならなかったとしても確実にいい線にまで行けるだろう。

「そうなれば注目が集まり、きっといいところからの縁談が舞い込むと思います。王族とか公爵家の跡取りとか。お父様は『せめて』と言ってその中から一番位の高い人へ嫁がせるに決まっています」

「そうなればオレごとき侯爵家の三男坊が選ばれるわけがない。やはりオレとアデリーナは結ばれる運命にはなかったんだ！」

いちいち煩《うるさ》いわねこの男。

大体わかったわ。

より状況を精密に分析するなら、アデリーナ嬢が王太子妃選びから脱落した瞬間に駆け落ちしてしまうという手もあると思う。

他の高位貴族から縁談が舞い込むにしても数日の間はあるだろうし、その隙間を狙えば対外的な軋轢《あつれき》は極力ゼロに持ち込めるわ。

でもそれで駆け落ちが成功するかといえば『まず無理』としか思えない。

魔法しか取り柄のないこの二人が、地位を捨てて暮らしていけるはずがないのよね。

結局は連れ戻されて、二人の恋は成就しない。

そもそもアデリーナ嬢が王太子妃に選ばれて付け入る隙もなく引き裂かれるというリスクだってある。

手を抜いて意図的に脱落することはできないと彼女も言ったばかりだし。

……。

考えてみたら八方塞がりね。

「……わかったわ」

「では、私たちを見逃してくれるんですね!?」

バカね。

それだけは絶対にないわ。

ここでアナタたちを逃がせば王家が動く。あらゆる悲恋エンドの中でも最悪の結末をアナタたちにもたらすわけにはいかないの。

かつては私の手でアナタたちをそのどん底に突き落としたんだから、今度はアナタたちを最高の結末に導くために私が手を出さないといけないんでしょうね。

「アナタたち……ここで家も立場も捨てて逃げ出す覚悟があるんなら、私に命を預けてみない？」

「えッ？」

「私がアナタたちを添い遂げさせるって言っているのよ。私の言うことに従えるのなら、エルデンヴァルク公爵令嬢の名に懸けてアナタたちをお似合いの夫婦にしてみせるわ!!」

◆

そして私たちは煌《きら》びやかな王城内に戻ってきた。

夜会はまだ進行中で、多くの貴族たちが上品に戯れている。

その中に標的を発見。

王太子キストハルト殿下は、いずれ自分の妃《きさき》になるかもしれない令嬢たちに囲まれて無難な笑みを浮かべていた。

外面がいいのは、さすが王太子ね。

それは今はどうでもいい雑感だけど……。

「二人とも覚悟はいいわね？」

「はい」「承知」

私が振り返ると、そこにはガッシリ腕を組みあったアデリーナ嬢とその恋人。

その光景は既に異様で、周囲からの注目を集めている。

「なんだあの二人は……⁉」

「彼女も王太子妃候補でしょう？　なのになんで他の男性と仲睦《むつ》まじいの？」

「ここがどこかわかっているのか……⁉」

当然というべき非難がましい声が上がった。

その的になってアデリーナ嬢は顔を青くしているわね。

元々親の指示に逆らえない気の弱い子だから仕方ないんだけど……。

「ここで怯《ひる》んでいるようじゃ望みは叶《かな》わないわよ。他人の顔色を窺《うかが》って手に入るものかしら、アナタたちの欲しいものは？」

「わかっています。私たちの望みを叶えるのは私たちだけですよね……！」

アデリーナ嬢とそのお相手は、固く組み合ったまま一緒に歩きだす。

まるでバージンロードを歩むように。

向かう先は、王太子キストハルト様の下。

三人……というより一人と一組は対決するように向かい合った。

「キストハルト王太子殿下、ご機嫌麗しゅうございます」

「シレビトン侯爵家のベレトくんだったな。ようこそ我が主催の夜会へ。招いた覚えはないんだがね」

そりゃそうね忍び込んできたんだから……。

そんな相手に、皮肉も交じえながら冷静に対応できるのはさすがの王太子ね。

「くッ……」

その動じぬ態度は相手を怯ませるには充分だけど、怯んでる場合じゃないのよ。

愛を摑《つか》みたかったら、試練ぐらいは乗り越えないと。

「今宵《こよい》は我が命に代えてもお聞き入れいただきたいことがあり参上いたしました。このアデリーナ伯爵令嬢との結婚をお許しいただきたい」

始まった。

もう後には引けないわ。

王太子に直訴した以上はもうなかったことにはできない、突き進むしかないわ。

この場に至る前に私が授けた策はたった一つ。

そしてごく単純なもの。

王太子であるキストハルト様への正面突破。

二人が結ばれるには多分これしかないわ。

ただでさえ伝統に縛られた貴族。さらには権力者の言葉には絶対従わなければいけない。

だからこそアデリーナ嬢も父親の前のめりな期待に逆らえないし、そして曲がりなりにも王太子妃候補に挙がったことで抜き差しならなくなっている。

最高の権力者……王族が話に関わってきたのだから。

ならばそこを逆手にとって、王族に話をつけさえすればすべてがすんなり片付くかもしれないわ。王太子キストハルト殿下に洗いざらいブチまけ、情けを得ることができれば……あるいはこの場で二人が結ばれることが許されるかもしれない。

アデリーナ嬢のお父上も、さすがに王族の決定には逆らえないわ。

——『しかしそうすんなりと許されるでしょうか？』

私の策を聞いた夜空の下、不安そうに聞いたのはアデリーナ嬢の恋人の方だった。

——『色恋沙汰ごときで王族を煩わせることすら下手をすれば不敬になります。まして王太子の妃探しの真っ最中に、その候補の一人を求めるなど……!!』

そりゃ当然不安にもなるわよね。

だから私は噛《か》んで含めるように教え諭した。

そんなタイミングだからこそ、アナタたちの深刻な気持ちが伝わりやすいと思うべきだわ。

色恋沙汰なんて個人的な問題だからこそ、王太子に直訴できるチャンスも今夜しかない。

——『しかし肝心の王太子殿下が、我々を許してくれるかどうか……!?』

——『そうです！　あの御方《おかた》にとっては婚約者を目の前で掠《かす》め取られるようなものではないですか！』

侯爵子息に加え、恋人のアデリーナ嬢も不安の声を上げた。

でも大丈夫よ、所詮アナタだって王太子から見れば、数百人いる候補の一人にすぎない。

アナタのお父上が期待しているほど王太子はアナタを特別視していないわ。

その上で、アナタたちが自分の真剣さをどれだけ訴えられるかが勝負の分かれ目。

私は、上手くいく自信があるわ。

キストハルト王太子は、あれで見た目通りに優秀な御方。家臣の痛切な願いに耳を傾ける度量を持っている。

――『そこまでわかりますの？　凄《すご》いですわ、私など今宵初めてお目にかかって人となりなどまったく存じませんのに』

私だってそうよ、今世では。

そして前世ではあの御方の優秀さを嫌と言うほど思い知った。彼の賢さ、実行力によって彼の隣に座ろうという野望を完膚なきまでに叩《たた》き潰されたのだから。

――『でも万が一……王太子様がお許しいただけなかったらどうするのです？』

その不安ももっともだろう。

でも大丈夫よ、万が一にもアナタたちは引き裂かれない。

あの王太子が気紛《きまぐ》れを起こしたとしても次善の策を用意してあるから。

もしも、万が一が起こってあの王太子がアナタたちの懇願を拒否したら、アデリーナ嬢のことをそれぐらい惜しんでるってことになるでしょう。

周囲もそう思うはず。

その事実を目の当たりにし、嫉妬に狂ったある令嬢がアデリーナ嬢に襲い掛かる。

夜会の晩餐《ばんさん》だからナイフなりフォークなりがどこにでも、すぐ手の届く場所にあるわ。

それでもって顔を切り裂かれたアデリーナ嬢は美貌を失い、どの道王太子妃候補ではいられなくなるのよ。

その『嫉妬に狂った令嬢』というのは、私のこと。

――『えッ⁉』

――『まさか⁉』

驚き戸惑う二人。

本当に結ばれたいならそれぐらいの覚悟がいるということよ。

アデリーナ嬢だって本当に彼のことを愛しているなら、顔に一つや二つの傷を負ってもへこたれないでしょう。

相手の男性だって、まさか顔に傷ができたぐらいで愛情が失《う》せてしまうことなんてありえないわよね？

――『それはもちろん……オレが愛しているのは彼女の内面……いやすべてですから！』

――『私たちの覚悟はもとよりですが……でもアナタは？　今言った計画では、私の顔に傷をつけるのはアナタなのですよね』

そうね。

今のところアナタたちの協力者は私以外にいないのだから。

彼らの言いたいことはわかる。

普通に刃傷沙汰《にんじょうざた》だからねえ。

しかも事件現場は王家主催の夜会。罪はますます重くなりそうね。

――『落ち着いて推測している場合ではありませんわ。そんなことをしたらアナタの評判は地に堕《お》ちます！　貴族令嬢としては致命的です！』

私のことを心配してくれるのね。

でも問題ないわ。この『魔力なし』令嬢、元から社交界での評価は底辺だもの。

これより下がりようがない。

唯一不安に思うのは、私がやらかしをすることでお父様たちまで被害を被らないかってことね。

それは事件を起こしたあと迅速に連絡を取って、親子の縁を切ってもらうしかない。

それで国外追放にでもしてもらえば公爵家にまで累は及ばないでしょうね。

そもそも私が身を立てようと思えば国外に出るしかないと思っていたから、私的には何の被害もないってこと。

それよりも最後の手段とはいえ顔に傷を負うことになってしまうアデリーナ嬢の方が被害は大きい。

結局私は、そんな方法でしか人を救えないのね……。

でもまだそうと決まったわけじゃないわ。王太子が二人の想いを受け止めて、仲を認めてくだされば暴挙に出る必要もないんだから。彼の英邁《えいまい》さを信じましょう！

前世では、頼まれなくてもその英邁さを見せつけて私を追い込んでくれた。今世では都合よく英邁になってくれてもいいでしょう。

……という話し合いの下、今まさに決行される王太子に直訴作戦。

成否はそのまま王太子の判断にゆだねられる。

頼むから素直に「うん」と頷《うなず》いてほしいわ。

それでも最悪の事態を想定し、私は上手いこと位置取りをしておく。

テーブルの傍《そば》で……あった、ちょうどいい塩梅《あんばい》の食事用ナイフがあったわ。

アデリーナ嬢との距離感もいい感じ。

できれば人の顔をこの手で切り裂くなんてことしたくない。前世での罪を贖《あがな》うためにまた罪を犯すなんて……皮肉ね。

それを実行するかどうかも王太子の返答次第。

今も雲上人らしい高邁な表情で、恋人たちの訴えに耳を傾ける。

「私はずっと以前からアデリーナ嬢に恋い焦がれておりました。しかし三男という立場の弱さで踏み出せずにいました。そのせいで王太子妃選びが始まる今日まで何もできなかった」

「でも私たちはお互いを諦められないのです。王太子様に対し失礼であることはわかっています。でもお父様を納得させるには王太子様のお口添えが必要なのです！」

揃《そろ》って頭を下げる恋人たち。

夜会はこの突発事によって困惑に包まれた。

未来の王太子妃を選出する場であるはずが、大きく展開が歪《ゆが》もうとしている。戸惑うのも仕方ないわね。

この混乱をどう治めるかも王太子……未来の国王の資質の問われどころよ。

すんなり二人を許してさっさと丸く収めるのもよし。是非そうしてほしいわ。

そんな私の期待に王太子様はどう応えるのか。

「キミたちの望みは、無条件で叶えられない」

それが王太子の回答。

それを聞いて心臓が凍る。

「キミたちの互いを愛する気持ちは伝わった。しかし王太子妃選びの会場で断りもなく、個人的な感情を王族に訴え出すのは礼儀に反すると言わざるを得ない」

それもまた正論で、周囲の参列者もその考えになびく空気が生まれる。

私たちにとっては悪い流れだわ。

これはもう、最後の手段を発動するしかない？

既に手に持っていたナイフに力がこもった、その瞬間……。

「貴族が礼を押し退け我《の》を通そうとするなら。それに見合った決意と能力が必要だ。ベレトくん、キミもシレビトン侯爵家に連なる者なら与えられるだけの立場に甘んじるべきではない」

「と、言いますと……!?」

「奇《く》しくもアデリーナ嬢は今、私の婚約者候補の一人となっている。二人の男が、一人のレディを巡って奪い合うなら、決着をつける方法は一つしかない」

何これ？　予想してない流れだわ？

王太子は何をしようとしているの？

「決闘だ。ベレトくん、キミとオレでアデリーナ嬢を巡って戦おうではないか。勝った者が麗しき美女を我が手にできるのだ」

はぁッ!?

何を言い出すのあの王太子は!?

優雅な夜会が、熾烈《しれつ》な決闘場に早変わり!?

「どうした怖気《おじけ》づいたのか？　シレビトン侯爵家の三兄弟はいずれも一騎当千の強者《つわもの》と聞く。慕う女性のためにこそ、まさしくその力の振るいどころではないのかね？」

「わかりました」

ええッ!?　彼も乗った!?

男ってどうしてそうすぐにケンカしたがるの!?

「元々無礼は承知の上、私はどんなことがあろうとアデリーナと添い遂げたい。その障害となるのなら王太子殿下……お手向かいさせていただきます！」

そうと決まれば展開は速やかだった。

夜会の席は決闘場に。

王城の使用人は仕事も手早く、晩餐のテーブルやら料理やらをすぐに片付け、広大なスペースが広がる。

格闘には打ってつけというわけ。

そこで即座に二人の紳士がぶつかり合う。

「ふッ！　はぁッ!!」

この国の貴族が行うからには繰り広げられるのは魔法戦。

闖入者《ちんにゅうしゃ》であるアデリーナ嬢の恋人は、火蓋が切られると同時に怒濤《どとう》の攻めを見せつける。

彼が放つのは風の魔法。

斬り裂く透明の刃は無防備に受ければ皮膚を裂き、肉を断つ。同じく魔法で防御しなければ大怪《おおけ》我《が》になりかねない。

王太子は守勢に回り、今のところ反撃の糸口を見つけられない。

キストハルト王太子を追い込むなんて、案外強い？

「ベレト様は頑張り屋なのです。お兄様たちがいて、お家を継ぐことが決まっています。自分が日の目を見ることはないと、あの人はずっと以前から悟っていたのです」

いつの間にかアデリーナ嬢が私の隣に並んでいたわ。

そして解説役に収まっている？

「報われなくても頑張って魔法の力を磨いている。そんな直向《ひたむ》きさに私も惹かれたんです……！

私もお父様に言われるままに魔法を勉強して、何のために頑張っているかわからなかったから……！」

ホント隙あらば惚気《のろけ》る。

……とりあえず、このナイフはもう必要なさそうね。状況が完璧に私のコントロールから離れてしまったわ。

本当にいつだって私の思惑をメチャクチャにするんだから、あの王太子は！

「なんと王太子殿下を追い込んでいるぞ？」

「シレビトン家の三男坊にはあれほどの実力があったのか。いずれ当主を継がれるご嫡男ばかり目立っていたが……！」

「国一番の魔法使いであられるキストハルト殿下と実力伯仲とは……!?」

期せず決闘の立会人となった夜会の出席者……他の王太子妃候補、麗しき貴族令嬢にその付き添いの親族たちは、意外に手に汗握る決闘に釘付《くぎづ》けとなっている。

見応えがあるわね……。

ただし、その戦況は長くは続かなかった。

果敢に攻め続けて疲れが出たのだろう、魔法は元々精神力を消耗するらしいから。

スタミナ切れで攻勢に陰りが見えると、その時を待ちかまえていたとばかりに逆襲が始まる。

王太子の杖《つえ》から放たれる閃光《せんこう》。

彼の得意魔法は光属性。

束ねて集中した光は熱を持ち、目標を高熱で焼き切る。

もちろん焼き切られるわけにはいかないのでアデリーナ嬢の恋人は必死でガードするけれどギリギリで、攻撃を重ねられるたびに際どくなってしまう。

そしてついにはカバーしきれない大きな隙を作り、一瞬のうちに突き崩されてしまった。

「うわあああああッッ!?」

「これで決着だ」

王太子の杖の先が、倒れたアデリーナ嬢の恋人の鼻先に突きつけられる。

これで勝敗は決した。

やはり国一番の魔法使いである王太子に勝つことは不可能だったわね。

でもそれではどうなってしまうの?

決闘に敗北した以上、賞品であるアデリーナ嬢は勝者……キストハルト王太子のものになって二人は引き裂かれてしまう。

どうするの？

こうなったら最初の打ち合わせ通りに私が罪を被《かぶ》って……。

……と思った瞬間、体が固まった。

王太子と目が合った。

彼が私のことを見ている？　まるで『動くな』と言っているかのようだわ？

「これでキミは、アデリーナ嬢と結婚する資格を失った。彼女は依然オレの婚約者候補だ」

「うう……」

「しかしながらオレは、キミの戦いぶりがいたく気に入った」

ん？

王太子の一言で、何やら流れが変わるわ。

「恋する女性を得ようと気が急《せ》いたのが仇《あだ》になったが、心を制御できるようになればさらに手強《てごわ》い相手となっただろう。キミのような才能豊かな魔法使いは、いずれこの国に役立つ人材となるに違いない」

「一体何のおつもりですか……？」

「そんなキミに貸しを作っておくのも統治者として賢い選択だと思ってね。キミが望むなら私の婚約者候補、キミに下げ渡してもいい」

それは、やっぱり……。

アデリーナ伯爵令嬢のこと？

「アデリーナ嬢との結婚を認めようではないか。その見返りは有能な魔法使いであるベレトくんの生涯の忠誠だ。すべての貴族が義務として捧《ささ》げる以上の。……どうかね？」

「ち、誓います!!」

アデリーナ嬢の恋人が跪《ひざまず》き、手に持つ杖を王太子に掲げる。

あれはこの国の貴族が行う、絶対忠誠を示す仕草。

「この大恩、決して忘れません。王太子の御ため、あらゆる敵と戦いましょう！」

「わ、私も夫を支えることで殿下に尽くしますわ!!」

アデリーナ嬢も恋人と並んで忠誠を捧げる。

その様子を呆然《ぼうぜん》と眺めるしかない周囲の人間たちだった。

私も含めて。

「ことは相成った。このオレ……王太子キストハルトは、若者たちの恋を成就させることで、優秀なる魔法使いの絶対的忠誠を得る。国家は王者一人で回すものではない。有能で忠実な臣下は一人でも多い方がよく、そして忠誠は黙って捧げられるものではない。アデリーナ嬢は美しい人だが、オレも国中の女性すべてを娶《めと》れるわけではない。なれば相思相愛の夫婦を取り持つことで人の和を得ることがよき統治者の判断だと思う」

さらに王太子の視線が別の方へ向く。

「フワンゼ伯爵」

「はいッ!?」

名を呼ばれ、飛び上がる小太りの中年。

フワンゼ伯爵ということは……アデリーナ・フワンゼ嬢のお父上？

「アデリーナ嬢は自慢の娘だろう、王太子妃の座を得ようと意気揚々この夜会に送り出したに違いない」

「は、はい……！」

「しかし王太子妃だけが栄冠ではない。ベレト・シレビトン侯爵子息は出色の若手魔法使いで、将来は国内屈指の魔法騎士となるだろう。貴家に婿入りすればきっと家格を上げることは間違いない」

「はい……！」

「私の判断を尊重してくれるな伯爵？」

「……はい」

王太子から直接言われて、抗《あらが》える胆力はあのオジサンにはなさそうね。

これで決着はついた。

晴れてアデリーナ嬢は、意中の御方と結ばれるわ。

しかも世間的に何のペナルティもなしに。それどころかベレト侯爵子息は、この決闘を経て『王太子の御気に入り』という評価を得て、これからの出世に大きく有利になったわ。

王太子自身だってただ二人を許して結婚させるより、決闘で自身の能力を見せつけたあと、あえて『下げ渡す』という形を取って度量を示した。

すべてにとっていいこと尽《ず》くめの振舞いだわ。

……ん？

するとここまでの流れ一切合切、王太子の思惑通り？

◆

想定外のトラブルを経てなお、夜会は無事終わった。

前世での同会では、最悪の形で暴露された二人は仲を引き裂かれただけでなく、破滅までしてしまったのだから。

それに比べれば、ちゃんと恋が成就し、貴族としての立場も見通しが明るく上々。

最高の結果だわ。

夜会が解散し、多くの貴族たちが帰途につく中で私が呆然と立っていると、駆け寄ってくる二つの人影があった。

アデリーナ嬢とその恋人。

「ありがとうございます！　アナタのお陰ですべてが上手くいきましたわ！」

お礼を言いに来てくれたというの？

律義な人ね。

「私は何もしていません。すべては王太子様の英明なる判断によるものですわ」

「その前にアナタが諫《いさ》めてくださらなければ、私たちは王太子の御前に出ることもなく間違った道をひた走るところでした。アナタが私たちを王太子様のところまで導いてくださったのですわ」

そんなに純真さ全開で言われると、却《かえ》って心が痛いわ。

私のしたことは、かつての自分の罪滅ぼしでしかないのに。

それに私が提示した唯一の解決法は、結局最後にアナタの顔を傷つけるものだった。

すべてにおいて完璧な解決をしてみせた王太子こそ格が違う。

「アナタと王太子殿下、お二人の判断で我々は救われたのです。アナタこそまさに才媛というべき御方」

「そうですわ、アナタのような御方が王太子妃となれば、キストハルト殿下をお支えして、よき治世を作り出すことでしょう。私はこれで王太子妃選びから去りますが、アナタが選ばれるように陰ながら応援いたしますわ」

恋人……いえもうアデリーナ嬢の婚約者というべきかしら？

一緒になって持ち上げてくるけれど、とんでもない見当違いだわ。

「私は王太子妃にはなれません。それは最初から決まっていることです」

「そんなまさか!?　アナタのように賢明な御方が……!?」

「私には、あの方の妃になるためにもっとも必要なものが欠けていますから。アナタたちも聞いたことがおありでは、『魔力なし』令嬢の名を？」

そのあだ名を出すと途端に二人は虚を衝かれた表情になり、何事か言いだそうと口をモゴモゴさせていたが、結局押し黙った。

「あの……それでもアナタが私たちを助けてくれたことに変わりありません。このご恩は一生忘れませんわ」

「よしなに」

それを最後に二人は連れ立って去っていった。

何度も振り返り頭を下げながら。

もうほとんどの貴族が夜会から去って行ったが、私はしばらく歩きだす気にならずその場に立ち尽くしていると……。

「恩人を敬う心はあったようだな。キミが『魔力なし』だと知って途端に態度を変えるようなら、やはり婚約の許しは撤回してやろうと思っていたが」

「!?」

背後から声を掛けられビックリする。

振り返ると、そこにいたのは輝くような麗容の……。

「キストハルト殿下、何故《なぜ》ここに？」

「『何故』とは随分だね。ここ王城は我ら王族の住居でもある。オレがいたって何の不思議もないだろう？」

そうかもしれませんが……。

だからって王城は広いですよ、テキトーに歩いて王太子と遭遇する可能性なんてそんなにないはずでは？

「アデリーナ嬢は帰っていったようだね、愛《いと》しい婚約者と一緒に。彼らが幸せそうで本当によかった」

「すべては殿下の御英断によるものでございます」

「そんなことはない。オレはただキミの策に便乗しただけのことだ」

「……！」

その言葉に、取り繕っていた表情が弾《はじ》け飛んで驚愕《きょうがく》に固まった。

王太子への礼として頭を下げていたから顔を直接見られていなかったのはよかったけど。

「……すべて知っておられたということですか？」

「キミの機転には心から感謝したい。もし本当に、彼女らが手に手を取って夜会から逃げ出していたら、王家への非礼はもはや見過ごせるものではなくオレみずから厳しい処断をしなければならなかった」

「繰り返し申し上げますが、すべてを丸く収めたのは殿下の英邁なる決定によるものでございます」

私が指示したのは、あの公の場で二人に直訴させること。

決闘までは策に入っていなかった。

二人の恋路、王家の面子……あらゆる方面で一つの傷もなく完璧に解決したのは王太子の先を読み、状況を制御する能力が誰より優れていた証拠。

「それほどの筋書きを、アデリーナ嬢たちが訴えてきた数秒の間にまとめ切ったのです。殿下の思考の速さには驚嘆するばかりですわ」

「オレも繰り返そう、オレはキミの策に便乗しただけだ。あんな回りくどい仕置き、言われてすぐに思いつくわけがないだろう」

言われてみればそうだ。

指摘されて初めて気づくなんて。

「盗み聞きされていたのですか？　あの二人の中庭での逢瀬を？」

「あの時点でキミの計画を知れたから、考えをまとめる時間を取れて計画の書き加えができた。いくらオレでも一から組み立てて、あそこまで八方丸く収まる策を考え出すことはできないよ。いわば今宵の沙汰は、オレとキミの共同作業といったところだね」

その言い方やめてもらえます？

なんだか気持ち悪いので。

「恐れ入りました……。だったら殿下も最初から一声あってもいいものを」

「そうしたらすべてが芝居になってしまうからね。あのカップル、とても純真で演技なんかできそうにないじゃないか。キミやオレと違ってね」

そう言われると納得してしまう。

今日の出来事、何事もあの二人の真剣さが重要なる成功のカギだった。

アデリーナ嬢の恋人が鬼気迫る勢いで挑んだからこそ、見守っていた他貴族たちも気圧《けお》され、あとからの王太子の決定に賛同したんだろう。

「ベルト侯爵子息が将来有望な魔法騎士になるという見立ても、その場凌《しの》ぎのウソじゃない。彼という稀有《けう》の人材を確保し、絶対の忠誠を得られるならオレにとっても有益だ。かたやアデリーナ嬢と同等以上の王太子妃候補は何人かいるから、手放しても惜しくないと思った」

「すべて計算のうち、感服いたします」

「そして益があったのはキミもじゃないか？」

どういうこと？

急に私へ向いたフォーカスに、意図が読めず戸惑う。

「すべてが丸く収まったと言うならキミにとっても何かいいことがなくてはね。何しろキミはオレと同じ、今日の出来事を裏で差配した黒幕の一人なんだから」

「物騒な呼び方ですわね。あの二人が結ばれたことで私に何の得があるのでしょう？」

前世で陥れた人たちが今世では幸せになってくれる。

そのことで私の中にある罪悪感が一欠片《ひとかけら》消滅する。

私にとっての有益はそれで充分だわ。

「オレが推測するに……王太子妃選びの競争相手を排除できたこと……かな？」

「はい？」

「アデリーナ嬢は大魔力量保持者。おかげで次期王太子妃の有力候補に挙がっていた。そんな彼女がいなくなればキミが王太子妃に選ばれる可能性もまた上がる」

この王太子、適当な推測を悪びれもせず語るじゃないの。

いや、そこまで適当なわけでもない。前世での私はまさに、それを狙ってアデリーナ嬢を陥れたのだから。

そしてだからこそ、自分の過去の悪行をあげつらわれたような気がして心が荒《すさ》む。

「キミに魔力がないことは周知の事実。そんなキミが王太子妃に選ばれるには、より有力な候補を抹消していく以外にない。あの哀れなアデリーナ嬢は、キミの第一の標的だった……ということじゃないかな？」

「……」

「少なくとも彼女が身を引いたことで、キミが王太子妃の座に一歩近づいたことは事実。次は誰を引きずり落とすつもりかな?」

「ふざけないで」

……ダメだわ。

あまりのことに口調が乱暴になってしまった。

認めたくないけれど相手は王太子、形ばかりでも敬意を示さないと。

「……失礼しました。殿下の御推察があまりに的外れだったので」

「的外れかい?」

「『魔力なし』の私が、この国でどれだけ無価値かご存じないわけがないでしょう。先ほど『自分より選ばれる可能性のある令嬢を排除する』と仰《おつしや》いましたが、私がそれを完遂するためには一体何人の令嬢を排除すればいいのでしょうか?　私以外の全員では?」

実際問題として効率が悪すぎる。不可能と言えるレベルで。

それでも前世での私は、公爵家の権力財力でゴリ押しし寸前のところまで足をかけたんだけれども。

「それに王太子殿下は少々自信過剰ではなくて?　まさか世の令嬢は誰でも無条件で、アナタのことを慕うとでもお思いでしょうか?」

「何だと？」

「だとしたら勘違いも甚だしいことです。たしかに王太子の肩書きに心惹《ひ》かれる女性は多いわ。今日の夜会にやってきた貴族令嬢も何割かはそうでしょう。でも、そうじゃない女性だって多くいるのです。肩書きも財産もいらない、ただ自分のことを誠実に愛してくれる男性ならば、それ以上の相手はいない、と」

今宵まさに王太子妃選びから身を引いたアデリーナ嬢がいい例じゃない。

王太子であるアナタより、侯爵家の三男坊に過ぎない彼を選び取った。

そこに愛があればこそでしょう。

「……ふふ、そうか、たしかに私は今日フラれたのだな」

そのことに気づいていなかったのか、指摘するとすぐさま複雑気な失笑を漏らす王太子。

「だがキミもあのアデリーナ嬢と同じだというのか？　王太子妃の座にまったく興味がない？」

「王太子の肩書きにもアナタ自身にもまったく興味がありません」

ここまで来るとさすがに不敬かとも思ったが、既にいくらか不敬なことを口走ったのでもう知ったことかの精神。

今さら棘《とげ》先を丸くしたところでもう遅い。

「そうかな？　キミはオレの妃となることに大変意欲的だと思っていた」

「何故そうなるのです？」

「キミの着ているそのドレスだ」

ドレスがどうしたというの？

何かおかしいところがあったのかと思い、改めて自分の身体《からだ》を見下ろす。

この日のためにお父様お母様が用意してくださった最高のドレスよ。おかしいところなんてあるわけないじゃない。

「何でも国外の素材や技術をふんだんに使った最高級品だとか。他の令嬢の着ているドレスの数十倍の金がかかっているとも聞いた」

「無様だと思っています？　自分を着飾るのにそれほどの財をかけねばならないとは」

「いや、むしろそれだけの費用をかけるに相応《ふさわ》しい効果が出ていると思っている。事実今日の夜会では、誰もがキミの美しさに見とれていたぞ」

「私の？　美しさ？」

何を言っているのかしら？

たしかに会場では方々から視線を感じたけれど、あれは『魔力なし』を物珍しがっての軽侮の視線じゃなかったの？

「見目麗しさという王太子妃にとって間違いなく重要な一要素で、キミは今宵誰よりも輝いていた。それは、必ずや王太子妃の座を摑まんとするキミの決意の表れと思っていたが」

「つまらない勘違いですわね」

貴族は何故着飾るのだとお思い？

最高級の素材や技術、それらを金に飽かせて総動員し、さらには宝石のような希少品まで使いキラキラに身を飾る。

このような無駄としか思えない行為に千金を費やす。

何故そんなことをするのか？

「自身の財力を誇示するためですわ。『身を飾る』という無駄な行為にすら大金をつぎ込める。だとしたら軍事や建設や生産、そういった必要な分野にはさらに多くの財貨が投入されている。このドレスだって、そういうことを無言で言っているの。我がエルデンヴァルク公爵家の財力を、この機会にたっぷり見せつけておきたかったのですわ」

「私の目に留まろうという意図は一切なかったと？」

「そう思ったのなら殿下の自意識過剰でしょう」

言ってやった。

前世では、最終的な元凶は私だったとはいえ、そんな私を一方的に追い詰めて裁いて、断罪してくれた王太子。

この程度の小さな仕返しをしてやってもいいじゃない。

大丈夫、本当に正しいのは彼だということはわかっている。

頂点に立つべき彼は、私のほんの些細《ささい》な嫌味なんてものともせず、新たにパートナーを選び出して正しくこの国を治めてくれることだろう。

前世でもそうしただろうけど、死した私はそれを見届けることはできなかった。

今回は無論死ぬつもりもないけれど、中央に割り込む気もないからせめて遠くでアナタの善政を見守らせてもらうわね。

「酷《ひど》いねエルトリーデ嬢は……」

しかし、言われた王太子はいかにも悲しそうな表情で……。

「今夜開催されたのは、オレの妃選びの第一段階。いわばオレのために開かれた夜会だ。それなのに早速フラれるわ『まったく興味がない』と言われるわ。散々じゃないか」

「うッ……!?」

「特にキミは、そんなに気合を入れて着飾っているのに。その美しさはオレに捧げてくれるものだと思っていたのだから、オレもすっかりその気になっていたのだよ？」

いや、そんなこと言われても……!?

「だからキミのことを次の審査に進めておいたのに……」

「はぁ!?」

なんでそんなことになっているんです!?

私は今日の一次審査でさっさと落ちて、翌朝には王都を出て領に帰るつもりだったのよ!?

「わ、私は『魔力なし』なのですよ！　それが通過するわけが……！」

「オレの妃を選ぶ催しだ。その決定にはオレの意志が優先されるのは当然だろう。第一審査ぐらいなら、鶴の一声で即決通過させられるさ」

「それで私を無理矢理通したと!? 撤回してください！」

「それはできない。いくらオレの意向が優先されるとしても、そう簡単に意見を出したり引っ込めたりしているとオレ自身の資質が疑われてしまうからな。エルトリーデ嬢には引き続き、オレの妃選びで奮闘してもらいたい」

……なんてことなの。

こんな煩わしい催し、さっさと済ませて帰宅するはずが。

この気紛れ王子のお陰でまだまだ拘束されるって言うの？

「キミにとっては自家の力をアピールする絶好の環境ということなら、どんどん利用してくれていい。もちろんこれから気が変わって、本気で王太子妃を目指すと言うなら大歓迎だがな」

王太子キストハルト。

この人だけは前世も今世も変わらない。

いつだって私の思惑を粉々に粉砕していくんだ。

幕間　王太子、半生を振り返る

オレは王太子キストハルト。

スピリナル王国、現国王レモダニエスの息子。そしていずれは父の跡を継ぎ、オレが新たな国王となるだろう。

生まれながらに決まっていたことだ。

血統もさることながら、オレはさらに恵まれていて生まれつき保有魔力量が大きく、希少な光属性を得意としていた。

だから『百年に一度の逸材だ』などと言われて随分大切に育てられたものだ。

オレが成長して王位を継げば、きっと歴代最高の栄華を築き上げるだろうと。

子どもの頃から多くの人間が集まり、オレを中心に囲んだ。

いずれもオレにすり寄るか、崇拝するか、あわよくば上手く利用しようとするヤツばかり。

それもまた力ある王族に生まれた宿命か……と達観できるようになったのはいつ頃からか。

あちらが利用してくるなら、こちらも利用するのみ。

王にとって臣下は駒。盤上で動かすように、我が身にとって役立てればいい。

いつからかそういう風にヒトを見るようになっていった。

そんなある日のこと。オレはある少女を見かけた。

八歳か九歳ぐらいに見えた。

オレは魔法修練場を訪ねる用があって、その用事自体はすぐに終わって帰り際のことだった。

少女は必死に杖《つえ》を振っているが、魔法そのものは何も出ない。

魔力も欠片《かけら》も感じない。

一体何をしているんだあの少女は？　不思議に思ったオレが余程食い入るように見ていたのだろう。

付き人が解説するように言った。

『あれはエルデンヴァルク家のお嬢様ですな』と。

エルデンヴァルク家といえば代々高位魔法使いを輩出する名門で、たしか現当主も十指に入るほどの手練《てだれ》であったはず。

オレがそのことを確認すると付き人は『さすが王子、よくご存じで』と見え透いた世辞を言ってから、しかしすぐに厭味《いやみ》ったらしい表情になり……。

『しかし、そのご令嬢は、両親の才覚をまったく受け継がなかったようで、むしろ貴族に生まれたのが間違いではないかと思えるほどまったく魔法の能力がなく、ついたあだ名が「魔力なし」令嬢と……』

と下卑た愉悦をたっぷり込めて言う。

コイツは付き人から外すべきだな……と思う一方で、いまだ何の力もない魔法杖を振り続ける少女にオレの視線はまだ引かれた。

何の成果もないのに努力し続けるというのは、一体どういう気持ちなのだろう？

オレはすべてに恵まれている。

血統も、地位も、魔力も、才能も、知識も。

努力して、その分だけ成果が上がるのは楽しい。オレは才能がある分、努力した成果がそのまま返ってくるのに慣れてしまっていた。

しかし世の中すべてがそうではない。

中には不器用な人間もいて努力の効率が悪く、頑張っても十分の一……百分の一も返ってこない場合もある。

あの少女に限ってはまったくのゼロだ。

何故《なぜ》そこまで頑張ることができるのだろう？

人生で初めて湧いた疑問。

その時はそれだけだった。

いつかあの少女も自分の努力が無駄だと、悟るのだろうか。

その頃からオレの王太子擁立が具体化し、見る見る忙しさも増していく。

雑事に追われ彼女の印象もすぐに記憶の奥底に沈んでいった。

ある時ふと思い出し、手近にいた者へ彼女の動向を聞いてみたら……。

『エルデンヴァルク家のエルトリーデ嬢ですか？　そう言えば最近見ておりませんな』

ソイツ自身も長らく忘れていたと言わんばかりだった。

『以前は呼んでもないのに茶会やパーティに押しかけてきてやかましいぐらいでしたからな……。

「魔力なし」令嬢などどこでもお呼びでないというのに』

と苦笑交じりに言う。

『エルデンヴァルク公爵自身、領地に引っ込んでしまいましたので、きっとそれに同行したのでしょう。ま、あのような出来損ないは奥に隠してヒト様に見せない方が正解ですよ』

何度解雇してもこのように人品の汚いヤツはどこかに一人紛れ込んでくる。

こういうヤツほど身辺調査したら後ろ暗いことが必ず出てくるものだから、いつものように調べて退職に追い込もう。

そう思う一方で、ヤツから聞いた言葉に軽い衝撃を受けている自分に衝撃を受けた。

彼女は……頑張ることをやめたのか。

領地に戻り、この中央から遠ざかったということはそういうことだ。真っ当な貴族であることをやめたんだろう。

そう思い至ると何故か落胆を覚えた。

彼女にとってはその方がいい。無駄な努力などしないに越したことはない。

しかしもう、あの頑張る少女を目にすることは二度とないのか。

そしてまた数年が過ぎた。

オレも速やかに立太子を終え、よほどのことがない限りオレが次の王となることは確定となった。

そうなると次に決めるべきはオレのパートナー。

王太子妃……いずれ未来の王妃になる席を巡って周囲が俄《にわ》かに熱くなり始めた。

我が国の王妃選びは独特で、何よりもまず妃《きさき》となる令嬢の魔力の強さが重要視される。

むしろそれ以外重視されない。

だから階級派閥に関係なく、とにかく貴族令嬢であれば全員一旦王城に集め、その中から選抜する。

もっとも魔力が強く、魔法の扱いが上手《うま》い令嬢を。

以前、世間話の弾みにそのことを他国の王族に話したことがある。

そうしたら彼は苦笑を浮かべて……。

『いやぁ、さすがスピリナル王国は魔法大国。国母の選び方も独特なのですなぁ』と言われた。

声色には明らかな侮りがあった。

『我が国ではより速い馬を得るために、よりいい成績を残した競走馬同士を交配させるのですよ。

それと同じようなものですかな?』とまで。

その頃からオレは薄々感じ取っていた。

我が国は周辺各国から見下されているのではないか？　と。

魔法は我が王国にしかない。

遥《はる》かな昔、初代国王が精霊との契りを果たすことで得たという力が魔法。その力は血脈に宿り、王侯に脈々と受け継がれてきた。

我が国はそれを心から誇りに思い、だからこそ魔法を何よりも大切にする。

妃選びの基準もそれを基としているんだろうが、それが正しいのかと最近思う。

あの他国の王族の、侮蔑的な笑みを思い返すたびにそう思うのだ。

オレはいずれ王となって、この国をあるべき方向に導かなければいけない。

『あるべき方向』とはどちら向きなのだろうか？

これまで通り魔法を何より優先した体制を維持すべきなのか。

それとも外から何かしら新しいものを取り入れていくべきなのか。

そんな葛藤を表に出して、臣下に不安を覚えさせるわけにもいかない。

自分の中にある疑問を奥底に封じ込めながら、オレは王太子としての務めを淡々と果たしていった。

◆

そしてついに王太子妃選びが始まった。

初日は夜会。

王家の都合で一堂に集めた令嬢たちをもてなすという意味合いもある傍らで、真の目的は王家お抱えの審魔官によって各令嬢の魔力を計るという意味合いもあった。

こういう場合の自己申告なんてアテにならんからな。

こちら側の信頼できる人員に計らせる方が最善だ。

しかしまあ、この日を迎えたオレの心情は晴れやかではなかった。

自分の結婚相手を選ぶというのに、オレの意思はどこへやらで勝手に進むのだな、と。

オレの妃なのだから、オレ自身が多少好みに条件を付ければ、それが選定基準に乗っかることもあろう。

しかし第一条件として魔力の強さは絶対に動かしがたい。

その点に関してはオレがいかに優れた王太子であろうと覆すことはできないのだ。

国内のことを何でも自由にできる王者であるはずなのに、もっとも変えたい一点だけは変えられない、そのままならなさに憂鬱な想《おも》いだった。

そんな想いを抱きながら王城のテラスから城門周辺を見下ろしていた。

ここからだと訪問客を逐一確認できるのでな。

しかし我が国の令嬢たちは今夜もピカピカだな。

我が国独特の文化で魔法ドレスというヤツだ。

ドレスに魔力を流し込める仕組みになっていて。地水火風、様々な属性でドレスに輝きを灯《とも》らせる。

どの程度の輝きを持続して灯らせるかで、装着している令嬢の魔力の高さをアピールする役割も担っている。

しかしオレにとってはそこまで目に愉快なものではないがな。

そもそも光の魔力を持つオレこそがもっとも煌《きら》びやかな明かりを灯せるのだし。それに他国で見た、多くのデザイナーがしのぎを削って作り出す最先端デザインのドレスの方が洒脱《しゃだつ》だとしか思えない。

魔法こそが至高と思って疑わない、我が国の思想問題か。

しかしそれを表立って指摘するのは王太子として許されない行為だろうな。

そうして王太子妃の座を狙う令嬢たちの列をぼんやり眺めていると……ある一人の令嬢が目に留まった。

なんだ彼女は？

この国特有の魔法ドレスを着ていない。

それどころか彼女が着ているのは、他国の王宮舞踏会に着ていっても見劣りしない最高級品ではないか？

あの生地の色艶……最上級のシルクを、その品質が少しも落ちることなくバラのような真紅に染め上げている。

それを着ている令嬢自身も、目が覚めるほどに美しい。

このテラスの長距離からでもハッキリわかるほど。

あんな美姫《びき》がこの国にいたのか？

そうだったら少しは噂《うわさ》に上がってもおかしくなかろうに。

クソ、さすがにテラスからでは詳しい目鼻立ちはわからない……！

もっと近くで、そう思ったらもうジッとしてはいられずに待機室を飛び出し、階段を駆け下りた。

駆けるオレの脳内にあるのはただ一つ。

テラスから見たあの野バラのように美しい令嬢のこと。

女性の見た目に一瞬にして心惹《ひ》かれたのは初めてだ。

王太子という立場上、色香に惑わされるなどあってはならないことだが、けして溺れているわけではない。

遠くからでは確認しづらかったあの美貌を、もっと間近で確認するだけだ。

明確に見ることができれば『なんだこんなものか』と思うかもしれない。

王城の道順など勝手知ったるもので、屋内に入る寸前の彼女の下へすぐ辿《たど》りつくことができた。

しかしそこには招かれざる先客が。

なんだあの令嬢たちは？

三人も並んで一人を取り囲むなど、どういうつもりでいる？

いや、考えるまでもないか。

いつでもどこでも女のいじめとは陰湿なものだな。

王城まで来て獲物探しか。……いや、今日の催しを考えると、ああしてライバルを一人でも減らそうという魂胆なのか。

オレ自身は王太子妃選びなど興味もないが、見るのも不快な悪ふざけを見過ごすのも気分が悪い。

一人囲まれ孤立無援な令嬢を救おうと乗り出そうとした寸前……。

――『私たちは、この「魔力なし」が恐れ多くも王太子妃の座を狙っていると聞きつけ、義憤に立ち上がったのではなくて！』

という声が聞こえた。

あのアホ令嬢たちの声か？

『魔力なし』と言えばまさかあの、エルデンヴァルク公爵の娘……？

十年近く前に見かけた、あの魔法修練場で直向《ひたむ》きに頑張り続けていた……？

そうか彼女も貴族令嬢であるからには王太子妃選びに召集されたのか。

何年ぶりに見るのか、こんなにも美しく成長していたとは。

魔法が使えないからこそ外国産の洗練されたドレスに身を包み、香り立つ気品は接近することで一層ハッキリ感じ取れる。

まるで一国の姫……いや女王であるかのようだ。

――『ここで潔く身を引けば私たちから嫁ぎ先を紹介してあげてもよろしくてよ？　六十過ぎの老紳士の、四人目の後妻なんていかがかしら？』

あの陰湿女ども、あまりにも汚らわしいことを言う！

オレがこの場でとっちめてやる！

しかしオレが手を下すまでもなかった。

なんと貴族令嬢であるエルトリーデがみずから、あの狼藉者《ろうぜきもの》どもを叩《たた》き伏せた。

彼女は『魔力なし』だから、実力行使といえば格闘しかない。

しかしエルトリーデ嬢は心得があるのか、実に鮮やかに陰湿女の一人を捻《ひね》り上げた。

彼女の技さばきも驚嘆だが、同時に呆《あき》れるのが陰湿女たちの無防備さだ。

あんな至近距離で魔法を使おうなど。魔法には精神集中や、精霊に捧《ささ》げる詠唱などで必ず一瞬以上の〝溜《た》め〟がかかる。

あそこまで距離を詰めたら、単に殴り掛かる方が絶対に速いのだ。

そんなこともわからず、いついかなる時でも魔法に頼ろうとは。あの三人がバカなだけかもしれないが、我が国の貴族全体の意識改革は、やはり必要なのかもしれない。

そのあとでやっとオレの出る幕があって、王太子の意向に恐れおののき陰湿女たちは逃げ出していった。

後日ヤツらの父兄に厳重抗議して、少なくとも気楽に遊び回ることができないようにしよう。

久々に再会し、間近で見たエルトリーデ嬢は、息も忘れるほどに美しい。

むしろ魔力がないからなのか、それ以外の別の方法でみずからを飾り立てる手段を総動員していて、だからこそ極限まで洗練された美しさがそこにあった。

口紅で染められた、ぷっくりと肉の厚い唇がなお一層色っぽい。

これほどの女性が、オレの妃になるために来てくれた。

その事実が自分でも驚くほど嬉《うれ》しかった。

あまりの嬉しさに、彼女の口から改めて聞きたかったほどだ。

『アナタの妻になるために来ました』と……。

しかし彼女は、オレの期待とはまったく違う答えをよこした。

『王命だから仕方なく来ました』と……。

もしかして彼女は本当はここに来たくなかった？

考えてみればすぐに思い当たる。魔法至上主義の貴族たちが集う王都、そこが『魔力なし』である彼女にとって、どれだけ居心地が悪いか。

結局よそよそしいまま一旦別れ、夜会が本格的に始まった。

オレのために開かれたような夜会だからオレ自身出席しないわけにもいかず、そして姿を現せば途端に人が集まってくる。

主な顔ぶれは、王太子妃選びに名乗りを上げる令嬢たち。オレからの印象をよくしようと非常にギラついていた。

こんな立身欲丸出しの令嬢でも、王家の求めに応じて来てくれたのだから無下にはできず作り笑顔で饗応《きようおう》する。

その間もずっと視線は彼女を捜していた。

エルトリーデの美しさは絶世だから、目立ってすぐ見つかる。

しかし同様に周囲の視線も彼女に集中していた。

皆がエルトリーデの美しさに気づいている。

そう思うと何故か、体の内側がジリジリする。これが焦りという感情なのか？

できる限り早く彼女に声を掛けなければ。そう思ってギラつき令嬢たちを何とかさばき、何とか自由に動ける余裕を作れる。

早速エルトリーデに声を掛けようと思ったが、彼女の姿がない？

どこへ行った？

慌てて周囲を見回すが、幸いすぐに彼女の黒髪を見つけることができた。

背中を向けて……どこへ行こうとしている？

自然と追いかけてしまった。

エルトリーデは迷いなくまっすぐ進んで……明確にどこかに向かおうとしているのがわかった。

夜会の会場からも出てしまって、まさかもう帰るつもりとか？

しかし彼女の進行は、案外すぐ止まった。

目的地は、城の屋外に出た中庭？

こんな場所に何があるのかというと、すぐにわかった。

無人のはずの中庭に、見知らぬ男女が抱き合っていかにも恋人らしい雰囲気を作っている。

エルトリーデはそれを密《ひそ》かに覗《のぞ》き見、それをオレがさらに後ろから覗き見ているような状況だった。

どうやらエルトリーデは、あの恋人たちを気にしているらしい。

睦言《むつごと》を盗み聞きしたところによると、どうやら親の意向で無理矢理王太子妃選びに参加させられた令嬢のところに、恋人の男が慕って現れたということのようだ。

そんなの余所《よそ》でやってくれと思うが、どうやらエルトリーデはあの二人を助けるらしい。

みずから姿を現して相談に乗り始めた。

オレはそれを、引き続き身を隠しながら窺《うかが》う。

彼女の考えは、二人の恋を成就させるためには王太子への直談判《じかだんぱん》以外にないとのこと。

つまりこのオレへと。

基本的に同意見だった。

公に王太子妃候補と認められた女性をさらっていくのだ。当事者であるオレの許しなくば、どう足掻《あが》いても明確な罪になる。

もしオレの許しを得られなくば令嬢の顔を傷つけて、それを理由に候補から外れる……というのも納得だ。

王太子に直談判するのだ。むしろそれくらいの覚悟がなければ困る。

こちらだって王家の面子《メンツ》を懸けるんだから。

しかしエルトリーデが次に放った言葉でオレは混乱に落とされた。

問題の令嬢……アデリーナ・フワンゼの顔を切り裂くのは、エルトリーデが行うという。

何故？

王家主催の席で刃傷《にんじょう》沙汰《ざた》など起こしたら大問題。よくて社交界を永久追放となるだろう。

あの二人のことはエルトリーデとは何の関係もないのに何故そこまでのリスクを彼女が負わなければいけない。

正直オレはその瞬間まで、彼らの直訴を受け入れてやるべきか考えていた。

恋人たちを応援したい気持ちはあるが、それと引き換えに王家の権威を低めることまですべきか？　という疑問があった。

しかしエルトリーデの宣言ですぐさま『直訴を受け入れる』方針で決まった。

その上で何とか王家の権威を貶《おと》しめない上手い方法を考えて……どんなこじつけでもいいから、と頭をギュンギュン回転させた。

ここ一年で一番頭を動かした。

お陰でギリギリ思いついた妙案で決闘を申し込み、相手に華を持たせつつ最後には自分が勝ち、勝者の立場から王太子妃候補を下げ渡す……という形で何とか八方丸く収めた。

決闘相手のベレト侯爵子息は、あれで本当に将来有望の魔法騎士で、さすがのオレでもヘタに手を抜いたら押し切られかねない。

しかも愛する女性との婚姻が懸かっていて、いつもの実力以上を発揮しているようだ。

最終的には勝ったが、愛する女のために命を懸ける男の強さを実感させられる一騎打ちだった。

今のオレにはない強さか……。

それで何とか八方丸く収め、エルトリーデも無傷で済んでオレとしては上々の成果。

ここまで来てオレはもう自覚せざるを得なかった。

オレはエルトリーデ公爵令嬢を特別視している。

彼女が『魔力なし』令嬢として、この国でどういう扱いを受けているかはわかる。

王太子妃にと望んでも、同意を得ることは難しいだろう。

しかしこれまで漠然と抱えていた『この国はこのままでいいのか？』という不安に向き合うことにも。

彼女が隣にいてくれて頼もしい存在になってくれるのかもしれない。

しかし……。

――『まさか世の令嬢は誰でも無条件で、アナタのことを慕うとでもお思いでしょうか？』

――『たしかに王太子の肩書きに心惹かれる女性は多いわ。今日の夜会にやってきた貴族令嬢も何割かはそうでしょう。でも、そうじゃない女性だって多くいるのです』

――『王太子の肩書きにもアナタ自身にもまったく興味がありません』

なんということだ。

エルトリーデは真実、オレの妃になることなどまったく望んでいなかった。

そうハッキリと告げられることで、胸に刃物を差し込まれるような痛みを感じた。

しかし同時に闘志も湧いた。

どうやらオレは選ぶことよりも選ばれることを望む人間のようだ。

こうなったら王国の歴史やしきたりなど関係ない、クソ喰《く》らえだ。

是が非でもエルトリーデをオレへ振り向かせてみせる。

死に戻り令嬢、スラムへ行く

ええい、何なのよもう一体!?

せっかくすべての問題が解決して領に帰れると思ったのに!

王太子妃選びの第一審査……。

……この私が無事通過!?

冗談じゃないわよ、なんで望んでないのにそんなことになるの?

前世では、王太子と共に選考を行う審魔官を買収してやっと通過できたというのに。

望まなくなった途端、無条件で受かるなんて世の中本当に上手《うま》くいかないものだわ。

あの夜、王太子から直接言われた時は、ただの出まかせかとも思ったんだけども。

翌朝早速、王城から正式な使者がやってきて……。

——『エルトリーデ・エルデンヴァルク公爵令嬢におかれましては、王太子妃選びの次の段階に進まれましたこと、報告とともに祝着申し上げます。延《ひ》いては新たなる催しに招待いたしますので、それまで王都に留《とど》まりあられますよう。王命にございます』

最後にガッツリ『王命です』と念押しされたことに、何やら釘《くぎ》を刺された感じを受けるわ。

あの王太子から。

ということで私は、当初の予定から大きく変更し、まだ王都のエルデンヴァルク家の上屋敷に滞在中。

本当なら今頃、領に戻る旅の途中でのんびり観光も兼ねていたところなのに。

帰り道にある各名所の名物料理に舌鼓を打つ、秘《ひそ》かな計画が台無しだわ。

「どれだけ私の思惑をぶち壊せば気が済むのかしらあの王太子は……!?」

「まったくでございます。王族の方々は、自分たちの振舞いが下々に大きな迷惑をかけることを意識してもらいたいですわ」

私と一緒に愚痴を漏らすのは侍女のノーア。

普通こういう場合なら貴族の常識に則《のっと》って『王太子に見初めていただくなんて栄誉なことですわぁ』などと褒めそやしてもいいだろうに。

本当に私はいい侍女を持ったものだわ。

「こんな悪臭のする王都からは一刻も早く去りたいというのに、お嬢様のお陰で私まで動けないなんて迷惑極まりない話ですわね!」

……。

本当に忠実な侍女なのかしら?

「本当に王都って、私が思っているよりずっと田舎のような気がしてまいりました。ご存じですかお嬢様?　ここ、外に街灯もないんですのよ!」

「そんなハイカラなものがあるのはこの国じゃ私たちの領ぐらいのものよ」

外国で開発されたというガス灯は、海を渡って港町のある私の領までやってきた。新しい物好きのお父様は即座に飛びつき、今のところは領主の住む港町だけだけど各所に明かりが夜の街並みを照らしている。

「アレのお陰で夜の犯罪も随分減ったと、お父様も自慢げだったわ。だからノーア、アナタも領にいる気分で夜に出歩いたりしちゃダメよ、ここ王都ではね」

「わかっておりますよ、あんなに真っ暗ではお散歩の気分にもなりませんわ」

悪臭を断つ下水施設もなく、闇夜を照らす街灯もない。

王都にそれらの施設ができるのはまだまだ先のことだろう。何しろこの国の王族貴族は魔法さえあればどんな問題も解決できると思っているんだから。

実際はそうじゃないんだけれど。

「私自身だって、何の問題も解決できずにいるんだけどね……」

そう言って自身に内省を促す。

こうなったのも私の警戒が足りなかったからかもしれない。そして警戒に伴う準備が。

魔力のない私が王太子妃選びに参加したって第一審査にすら通るわけがない。

すぐさま不合格になるに決まっている。

そうタカを括《くく》って参加したのに思惑まったく当たらず、私はいまだ王都に留め置かれているのだった。

こうなったら、ここから先も同じようにかまえていたらダメね。

王太子妃選びは、国内数百人の貴族令嬢すべてを対象に行われるが昨晩の夜会で一気に二十人程度にまで絞られたはず。

何故《なぜ》わかるかって前世がそうだったから。

もちろんそこまで選考対象を区切っても、最後の一人……正式に王太子妃となる誰かを決めるまで審査は続く。

そして私も、少なくとも次の二回目審査には出なくてはいけない。

もちろん一回目より二回目の方が苛酷になるのは疑いないわ。

だからこそ魔力のない私は絶対確実、即座に落ちるだろうと、そうタカを括っていたら第一審査の二の舞となりかねない。

まさか王太子が、こうまで私に興味を持つなんて。

あの一次審査の夜会で改めて思い知った。王太子はけっして無能なんかじゃない、むしろ有能だ。

一国を背負って立つ後継者なのだから当然といえば当然だけど。

前世でも王太子妃になろうという陰謀を完璧に暴かれたし、勉学に励んで多少はマシになった今世でも気を抜けばすぐさま出し抜かれる。

こうなったら私も状況に流されるだけをよしとせず、みずから積極的に動いていくべきだわ。

『何もしなくても落ちるだろう』ではなく『全力で落ちるために行動する』。

それくらいの気構えでなくては、王太子妃選びに不合格することはできなくてよ！

「ノーア、出掛けるわ！　着替えを手伝って！」

「かしこまりました。どちらへお出掛けです？」

そうノーアが尋ねるのは彼女自身も私に同行するため。

私専属の侍女なら私の行くところどこにでも供をして身の回りのサポートをするのが当然だわ。

基本的には。

「今日は一緒に来なくていいわ。ノーアは屋敷で留守番をしていて」

「えッ？　何を仰《おつしや》るのです？　このノーア、お嬢様のお付きを承ったからにはどこであろうとお供する所存ですよ。たとえ悪臭充満する王都だろうと!!」

本当に王都の臭いが我慢ならないのね。

でも今回は本当にノーアには留守番していてほしいの。

そのために行く場所は……少々アグレッシブというか。

刺激の強い場所なので、うら若い乙女のノーアを連れて行きたくないのよ。

私はいいのかって？

いいのよ、これでも前世はヒトのどす黒い部分に溺れ塗《まみ》れた悪役令嬢だったんですからね!!

というわけで出発。

ノーアは最後まで同行を求めていたけれど説得を繰り返して、残し置くことに成功。

最後には『お土産にお菓子を買って帰る』ということで手を打たせた。

これが主人が使用人に呑《の》ませる条件？

とにかく馬車に乗り、一人馬車に揺られて流れる景色を見守る。

馬車を操るのは、もう二十年は公爵家に仕えてくれる忠義厚い御者だけど、そんな彼もさすがに行く先を告げられて恐れ戸惑う。

「お嬢様、そちらはあまりに……！」

「大丈夫よ」

行く先の地名を聞くだけで震えあがるのはさすが、あの場所といったところね。

大丈夫だという根拠を示せないので単純に『大丈夫』としか言えない。

御者も青い顔で命令に従ってくれたが、しばらく馬車を進めたところで急に止まった。

「どうしたの？　目的地までまだあるでしょう？」

窓の外の風景からしても、まだ私が目指している地域に到着したとは思えない。

何か起きたのかと確認するよりも先に、ノックもなしに馬車の扉が開いた。

そして中に入ってきたのは……。

「殿下？　何故ここに？」

「それはオレのセリフだが？」

断りもなく馬車内に押し込んできた男性は、実に見覚えのある姿形。

王太子キストハルトではないか。

「どちらへお出かけかな、お嬢さん？」

「だから質問しているのは私ですわ。何故アナタがここにいるんです？　街中で偶然遭遇するほど王太子ってありふれてるんですか？」

「ははは、王都固有の生物だからね」

くだらない冗談を飛ばしつつも、この事態にこの上ない危機感と動揺を覚える。

王都の一角とはいえ、偶然王太子に遭遇する可能性なんて何百分の一だろうか？

無論こんなことが偶発的に起こるわけがない。だとすれば意図的に引き起こされた事態だと考えるのが自然。

しかも王太子の服装は、先日王城で見た煌《きら》びやかなものとは違い簡素な町人服……、偽装は完璧。

これらすべてを鑑みれば、王太子はすべてを納得ずくでここにいることになる。

「もしや……監視していました？」

そう、私が外出した先で計ったように巡り合った奇遇さを説明するには、相手側が私の動向を完璧に把握していたという場合しかない。

私のことを四六時中見張ってたってこと!?

何考えてるのこの男!?

「別れ際のキミの態度を考えるとね。王命で抑えたとしてもひょっとしたら無視して領地に帰ってしまうかもしれない。そう考えると不安で夜も眠れなくて……」

「私のプライベートを侵害したんですか？」

「そこは配慮したつもりだよ。手の者を配置して、エルデンヴァルク上屋敷の出入りをチェックさせていただけさ。それで領地へ帰ろうとするほどの大荷物を抱えた馬車が出たら連絡するように命じて……」

「この通り、私が今使っている馬車は街回り用の小さなものです。大荷物だって積んでいないでしょう？　王太子殿下に疑われるような要素は何一つありませんわ」

「馬車に関してはね。今回報告を受けたのは、この馬車の行く先を問題にしているんだよ」

そこが引っ掛かりましたか……。

王太子が慌ててやってくる。私が目指すその場所は……。

「王都北東エリア、サザンランダ地区。通称掃《は》き溜《だ》めスラムと呼ばれる場所だ」

馬車という密室内で王太子と二人。

期せずして妙な環境が出来上がってしまった。

「……王都にも危うい場所がある」

王太子の声は僅かな怒りが含まれていた。

それって私のせい？

「管轄上、どうしても官憲の目が届きにくい場所がな。それがサザンランダ地区だ。東西の主要道路から外れた位置にあって開発が遅れ、地価が下がると同時にスラム化していった。それに惹《ひ》かれて貧困にあえぐ市民が集まり、ついで犯罪者まで集まるようになった。今では独自の脱法コミュニティを築き上げて王家でもなかなか手を出せない」

「大変ですわね」

「正直に答えてもらおう。由緒あるエルデンヴァルク家の御令嬢が、そんな危ない場所へ何しに行く？」

口調が鋭い。

この質問に関してはとぼけたり誤魔化したりすることを許さないと言わんばかりだった。

「まずオレの推測を言おう。キミはやはり領地に戻りたがっている。しかし簡単には王都から出られないとわかっているから、一策講じようとしているんだ」

「そのためのスラムだと？」

スラムに官憲の目が届きにくいのは先ほど言われた通り。

王家の目から逃れたい私は一旦スラム地区に入って行方をくらませてから、人知れず王都を脱出しようと、そう思われているらしい。

「荷物がなく手ブラなのも、既にサザンランダ地区のどこかに落ちあう場所を設けていて、そこにすべて用意してあるからだ。雑然として危険なスラムで追っ手を撒《ま》いてから悠々と領地へ帰還しようというんだろう。違うか？」

「違いますとも」

私はキッパリ答える。

心外だわ。私が王家の命令を振り切って帰るぐらいなら、最初の召集命令に逆らって領地から動いていません。

「私はエルデンヴァルクの家名を背負って王都へやってきました。ならば多少思惑から外れたとしてもへそを曲げたりしません。エルデンヴァルクは忠義の家だと示すためにも。私が王都から去る時は、王太子妃選びから脱落した時だけです」

「ではなおさらスラムなどに何の用だ!?　あそこがどういう場所かちゃんと理解しているのか!?」

逃亡の疑惑を否定しても、声の厳しさが消えない。

王太子は一体何に怒っているの？

「いいか、あの地区は本当に危険な場所なんだ。エリアの主導権を巡って日夜ゴロツキたちが衝突し、官吏も近づけない。今では外国の犯罪組織とまで繋《つな》がりが出て、違法な物品が流入し人さらいまで横行していると聞く」

なんか教え諭すように言ってきた。

「そんなところにキミのような美しい女性が迷い込んだらどうなると思う？　あっと言う間にさらわれて身代金でも要求されるか。もっと酷《ひど》い場合は奴隷商人に売られて二度とこの国に戻れなくなるぞ！」

「あの……もしや殿下？」

今向かっているサザンランダ地区の恐ろしさを懇切丁寧に解説。

噛《か》んで含めるように。

「私のことを心配していますの？」

「当たり前だろう！」

私が危険地区に入ろうとするのを不安がってわざわざ止めに来たというの。

何なの王太子暇なんですか？

「暇潰しの観光がしたいなら、他にもっと楽しい場所があるだろう！　何ならオレが今から連れて行ってやる！　とにかくこの馬車は進路変更だ！」

まさかこんな展開になるとは。

私はまだまだ王都での状況に対応しきれていない。

「お気遣いありがとうございます。ですが行き先の変更は困ります。私は観光目的で出かけたのではありませんし、目的地はサザンランダ地区以外にありませんから」

「キミのような令嬢が、あのスラムに何の用があるというんだ……!?」

王太子、信じられないというような顔で私を見詰める。

……そんな輝くご尊顔で凝視しないでくれないかしら。

「強いて言うなら、私がこれからの王太子妃選びを生き抜くために必要なものを獲得しに行くのですわ」

「王太子妃選びに……必要なもの？」

さすがにちょっと誤魔化しきれなさそうな雰囲気だったので真実を漏らしてしまった。

大分ぼやかしてはあるけれども。

「ご心配なく、治安が悪かろうとも私には無事帰るだけの算段があります。王太子殿下はお心やすらかに、王城へとお戻りいただけますよう。やりかけの公務が残っているのでは？」

「たしかにあるがそんなもの関係ない。キミがどうしてもサザンランダ地区に行くというならオレも同行する」

「ええッ？」

まさか、あのスラムに王太子まで？

自信たっぷりに受けあったものの、危険であることは変わりないんですけれど。

「つまらない理由なら何が何でも止めるところだが、キミが王太子妃になることに前向きなら無下にはできない。賢明なキミが言うなら本当に大丈夫なんだろうが何事にも万が一がある。その時のためにオレが身近で守った方がいいだろう」

いや前向きといっても、最後の一人に残って王太子妃になろうっていう方向性ではないんですけれど。

「荒事になれば魔法が使えるオレの方が有利だ。オレが危険だと判断したらキミを抱えて、光魔法を駆使して脱出する。それを了承できないなら何と言われても、無理矢理にでもキミを王城へ連れ帰る」

「何故王城？」

エルデンヴァルク家の上屋敷じゃないんですか？

……仕方ないわね、王太子としても最大限の譲歩なんだろうし、これを拒んだら本当にお縄になって監禁されかねないわ。

常識的に彼の心配も理解できないではないから、これ以上困らすのも可哀想《かわいそう》だし。

「わかりました、ですが私が上手く進めている間は一切口出し無用ということでお願いします。手出しも無用です」

「いいだろう、未来の王太子妃があの問題地区をいかに扱うか、お手並み拝見させていただく」

いや王太子妃としてどうこうするわけじゃないんですけど。

この思い込みを正しておかないと、いつの間にか既成事実化されていそうで怖いわ。

そうして途中トラブルはあったものの、何とか無事サザンランダ地区へと到着する。

正確にはそのギリギリ一歩手前まで。

「アナタはここまででいいわ、約束の時間通りに迎えに来て頂戴」

「かしこまりました……」

御者を馬車ごと送り返す。

私はそれを王太子と一緒に並んで見送った。

「いいのか、こんな手前で帰して？　サザンランダ地区の本エリアはまだまだ先だろっ？」

「あんな豪勢な馬車で乗り入れたら、それこそ強盗の標的ですわ。あの御者は長いこと我が家に勤めてくれていますから、徒《いたずら》に危険に遭わせたくありません」

だからこそ一人で帰らせるのに抵抗するかと思ったが、すんなり聞き分けてくれたのは、王太子がいてくれたおかげでしょうね。

国一番の魔法使いがガードしてくれるなら安心か。

「そのような気遣いがあるならキミ自身の格好も配慮した方がよかったのではないか？　それではあまりに……！」

王太子が指摘したい気持ちもわかる。

今の私は外歩き用とはいえ、公爵令嬢に相応《ふさわ》しい豪奢《ごうしゃ》なドレスを着て、荒廃したスラムには場違いすぎる。

これではよからぬことを企《たくら》む人の目も引きやすかろう。

「これは仕方のないことです。目立つのが悪い時と、いい時があります。殿下だってただの町娘が交渉に来たとしたら、まともに取り合わないでしょう？」

「それは……？」

戸惑う王太子を伴い、ズンズンと歩みを進めていくと、周囲の景色の荒廃ぶりも見る見る上がっていく。

道中に散らばるゴミや汚物、今にも崩れそうな建物。そして一見するとゴミと見間違えてしまいそうな、道端に座る人間たち。

懐かしいわね。

私が生まれ変わる前、前世では見慣れた光景だった。

王太子妃という栄冠を得るために、悪臭に顔をしかめながら何度もこの街に通ったものよ。

「鼻が曲がりそうだな……!? こんな悪臭を放つ場所が王都にあったとは……！」

一緒に並ぶ王太子が口を押さえる。

堪《たま》らないといった表情。

「あら、悪臭自体は王都のいたるところにありますわよ。程度の違いこそあれね」

「何？」

「下水やゴミ処理の施設が完備されていないせいです。汚いものを視界の外へ追いやる程度しかしないから臭いは漂ってきます。下水道がちゃんとある我が領から来た私の侍女は、王都に着いてからずっと『臭い臭い』と言い続けていますよ」

その中でもここサザンランダ地区は特級だけど。

ハッキリ言って激臭ね。

施設がない分、王都中のゴミなどをここへ集めてきているんでしょう。

今はまだ許容量を超えていないけど、いつの日か溢《あふ》れ出したら王都全体が大変なことになるでしょうね。

それを何とかしようとした人間がいたことを私は知っている。

彼の事業は結局途中で潰れたけれど、その原因も私が作った。

本当に前世の私は害悪だったのね。

今世では彼は上手くやっているかしら。

このサザンランダ地区の顔役。王都の裏社会を牛耳るゴロツキたちの大元締め、ガトウ。

前世での私は、王太子妃の座を射止めるために何でもやった。

卑劣な手段も非合法な手段も。

それらを実行するのにやはり人手が必要になる。毛色正しい公爵家の関係者にはとてもさせられない。

だから金で何でもやりそうなゴロツキに、その役を任せた。

ガトウとは縁があって話をする機会があった。まさに悪縁ね。

ガトウには我が意で動く百人単位の子分がいて、私にはガトウに支払えるだけの金があった。

需要と供給が成立してしまったのね。

だから私はガトウを使い、王都中を駆けずり回らせて、ライバル令嬢たちの後ろ暗い情報を暴き立て、そういう弱みがないなら暴力で陥れようとした。

そんなガトウも、前世の私が断罪された時一緒に捕まったはずよ。

この国の法は、魔法の使えない平民には特に厳しいから死刑になったのでしょうね。

時間が巻き戻り、新しいこの世界でガトウもまだきっと生きているはず。

というわけでこれからスラムの頭目ガトウと対面しますわ。

そこまでの道のりがまた大変だけれども。

何せ今世での私とガトウはまだ面識なし。赤の他人である上に、こっちは公爵令嬢であっちはゴロツキの頭目と、身分も違えば生きる世界も違う。

そんな二人が顔を合わせるにはそれなりの段階が必要。

場合によっては今日だけじゃ目的達成できず、日を改める可能性があるかもしれないわね。

まあ、その時はその時ということで、まずはガトウと渡りをつけるための場所へ行きましょう。

前世での記憶だけを頼りに……。

……あれ？

思ってた景色と違うわね？　道間違えた？

前世ぶり八年以上も離れていたからさすがに記憶が曖昧だわ。

一旦戻って、こっちの道？

……そうだわ！

ここよここ！　この酒場にガトウと渡りをつける手掛かりがあるのよ！

「大丈夫なのか？　本当にここなのか？」

同じ道を行ったり来たりさせられた王太子、すっかり疑わしい目つきになっている。

疑惑も聞こえなかったフリをして、私は酒場に入った。

ドレス姿のお嬢様が唐突来店。

当然悪目立ちし、既に酒場に入り浸っている酔客たちから注目の的になる。

この程度の視線に怯《ひる》んでいるようでは公爵令嬢失格よ。

ずかずかと店内に分け入り、一番奥のカウンターに座る。

王太子も戸惑いつつ私の後ろに続いた。

カウンターに立つ、この店のマスターらしき男は戸惑いの表情で……。

「お嬢さん、一体何の用かな？　ここはアンタのようなお上品な人の来るところじゃ……」

「酒場に来る用は、お酒を飲むこと。違うかしら？」

相手の戸惑いに合わせていたらいつまでも進まないので、ここは強引に押し切る。

むしろ困惑に付け入るのがこの場の上手いやり方だわ。

「この店で一番強い酒を」

「う……」

注文を受けて、動揺しながらも注文に従うマスター。

一応私もデビュタントを済ませる程度の年齢なのでお酒は飲めないでもないけど……。

しかしこのお酒は、飲むために注文するのではない。

「これがウチで一番度数の高い酒だが……。文字通り飲んだら火を噴くぜ？　お嬢ちゃん背伸びしたけりゃもっと上品な店で……」

忠告するマスターを無視し、私は次なる行動に出た。

出された酒を飲まず、そのグラスの中にコインを一枚、落とした。

酒の中に沈むコイン。

「これを飲んでほしい方がいるの。持って行ってあげてくれないかしら？」

「アンタまさか……!?」

終始戸惑いっぱなしのマスターだが、機械的にグラスを持って店の奥へと消えていった。

何も知らない人が見たら、何をしているのかと困惑し通しだろう。

事実私の後ろで一部始終を見守っている王太子は、何も理解できずに表情が素になっていた。

「エルトリーデ、これは何が……？」

「口出し無用とお約束したはずです。ご安心を、今のところ予定通りに運んでいます」

ここから先もそうかはわからないけれど。

少し待っていると、マスターが再び店の奥から顔を出す。

「お会いになるそうだ。ついてこい」

「よしなに」

これで第一関門はクリアね。

直接会ってからが第二関門。

マスターの案内に従って店の奥に進むと、こんなうらぶれた酒場には不似合いの個室スペースがあった。

そこは店の表より遥《はる》かにすえた臭いが漂っていて、食べ散らかされたテーブルの一番奥の上座に、いかにもゴロツキの親玉といった風格の男が座っている。

三十代半ばといった精悍《せいかん》さで、無造作に伸ばした長い髪がワイルドさを出している。

そして目つきはやたらと爛々《らんらん》としていて、心の奥底にある獰猛《どうもう》さを垣間《かいま》見《み》せるよう。

この男こそがスラムの頭目ガトウ。

人呼んで『釘抜《くぎぬ》き』のガトウ。

部屋には彼以外にも数人の屈強な男らが卓を囲んでいた。

お陰で女性の私一人がやたらと浮いて見えるわ。

さらに私の後ろの王太子も、この異様な光景にはさすがに面食らっている様子。

さて、ついに対面を果たした今回の目標ガトウだけれど。

まず最初の一言は……。

「どこで知った？」

前置きなしのひたすら唐突。

「店で一番強い酒に、王国銅貨……製造年号が三の倍数のものを入れて渡す。……それがこの店の本当の持ち主であるオレへ面会を求める合図だ」

「手の込んだ暗号ですわね」

「オレも敵の多い身なんでな。だからこそこの符丁は、仲間内のごくごく信頼できるヤツにしか知らせてない。アンタのような部外者が知ってちゃいかんものだ。オレが信頼するごく僅かな連中に、裏切り者がいるってことだからな」

もちろんそんなことはない。

私がこの符丁を知ったのは前世でのこと。

王太子妃選びを非合法な方法で勝ち抜くために、裏の実働手段を求めていた私。

そんな私の手の内に運悪く捕まったのがこのガトウだった。

符丁はその時に教えられたもの。

今世になって変わっている可能性がないこともなかったから、実際試してみるまでドキドキだったけれど。

でも、試した甲斐《かい》はあった。

正念場はここからだけど。

「安心なさい。アナタのお仲間が裏切ったわけではないから。ただこの私に、力があるというだけよ。ヒトの知られたくないことまで簡単に知ることができる程度のね」

「貴族様ってのは尊大でいけねえ。こんな小娘まで生意気になりやがるとはよ」

「あら、ご存じなくて？　貴族とは偉いのよ。偉い人間が卑屈な態度をとる方が物事が歪《ゆが》んで悪いことが起こりやすいの。私はあるべき者の振舞いをしているだけに過ぎないわ」

「しゃらくせぇ」

空気が張り詰めているわね。

彼らも、いきなり現れた私のことを計りかねて、警戒を解けないんでしょう。

ガトウ自身も、周りの部下も少しでも隙を見つければ今にも飛びかからんばかりの臨戦態勢。

でも私の後ろに王太子がいることで迂闊《うかつ》に動けずにいるんでしょうね。

実際、この国で最強の魔法使いでもある王太子は、その気になれば一人でこのスラムを制圧することだってできるでしょう。

彼らはそんな王太子のことを、私に付き従ってきたボディガードとでも踏んでいるんでしょうね。

そのお陰でゴロツキたちも迂闊に動けないでいる。彼の強さを肌で感じ取っているんだわ。

だから私も余裕をもって交渉を進められる。危険のただ中じゃそれだけで精神を削られて些細《ささい》なミスを起こしかねない。

認めたくはないけれど王太子の存在に救われているってことね。

「情報は、状況を制すために重要なもの。私も何より情報を重視しているわ。アナタたちの秘密の合図を盗み知ることができたのは、その心がけゆえと言っておきましょう」

「お貴族様が、さぞかし優秀なスパイでも飼っているんだろうな」

疑《うたぐ》り深《ぶか》いスラムのボスが勝手に推測を広げてくれている。

真実を告げるわけにもいかないから想像してくれるのは却《かえ》って助かるけれど。

私も相手の立てた設定に乗っておく。

「でも私は、自分の情報収集能力にまだまだ満足していないの。特にここ王都では、ホームでないために細かな情報を集めるのに手間がかかってしまう」

「はッ、オレたちの中枢の情報を盗み取れれば充分だろう」

「思い上がりが酷いわね。スラムのゴロツキから掠《かす》め取れる情報なんて、大した価値はないわよ」

それに実際は、何らかの手段でゲットしたのではなく前世の知識の使い回しだしね。

「そこでアナタたちに仕事を頼みたいの。訪問の用件もそれよ」

「仕事だ?」

「王都全域から情報を集めて私に売ってほしいの。そういうの、アナタたち得意でしょう?」

王都の裏社会に精通している彼らにとって、ヒトに知られたくない情報ほど回ってくるもの。

前世での私も大いにそれを活用した。

ガトウが拾ってくる情報は、アンダーグラウンド経由だけに玉石混交。使えないものも多く交ざっていたけどその中からピンポイントで使える情報を引き出し、有効に使うことに私は大いに長《た》けていた。

たとえばどこそこの貴族が不正を働いているとかいう情報、貴族本人でなくてもその妻や息子娘が何かしらやらかしたという話。

それらをネタに脅しつければ簡単に言うことを聞かせられたし、それが王太子妃候補のライバルであればそのまま不祥事を暴露し、王太子妃選びから脱落させることもできた。

もちろん今世での私はそんなことしないけど。

しかし情報が重要だという事実そのものは前世だろうと今世だろうと変わらない。

こうして王太子妃選びに本格的に巻き込まれた今、何も知らずにのほほんと過ごしていたら命に関わる危険にも気づかずにいてしまう。

前世の知識からある程度の予測も立つけれどそれも絶対じゃない。

そのことは既にアデリーナ嬢の一件で立証済みよ。

だからこそ今の私には、採れたて新鮮な情報を手にする仕組みを早急に確保しないといけない。

それに打ってつけなのが王都の裏社会を牛耳るガトウとその一味というわけ。

今世の私に、王太子妃になろうという野望はない。

それでも今の自分を守り抜くために最低限の自衛行動は必要だわ。

そのためにも今ここでガトウを味方につける必要がある。

ガトウ自身の夢のためにも。

タバコとアルコールの臭いの充満した酒場の個室で、私はスラムの主と向かい合う。

「ゴロツキのオレたちを雇いたいたぁ大した度胸のお嬢さんだ。情報を重視するその姿勢も素晴らしい」

「では引き受けてくれるかしら？」

「そりゃあ、これからの交渉次第だな。つまるところはコレだ」

そう言ってガトウは指で輪っかを作ってみせた。

下品な仕草ね。

「いいとこ育ちのお嬢様にはわからないかもしれねえがな。世の中何を動かすにしてもまず金が必要なのよ」

「わかっているわよ。むしろアナタたち平民よりも私たち貴族の方がよっぽどお金の有難味が身に染みているわ」

「そうかい、てっきりこの国の貴族様は、魔法さえあれば金なんざいらねえと思ってるもんかと」

その言葉に顔を顰《しか》めたのはむしろ私よりも王太子の方だった。

私の背中越しに不機嫌な空気が伝わってくる。

「じゃあ、貴族お嬢様の正しい金銭感覚ってのを伺おうじゃねえか？　アンタの必要な情報をかき集めるオレたちの働きに、一体いくらの値をつけるのかな？」

「お金は払わないわ」

その回答に、場の空気が一瞬凍り付く。

ガトウ本人も大いに表情を険しくしながら。

「面白そうな女かと思ったが、結局他の貴族どもと同じようだな？　虫けらのごとき平民に払う金はないってか？」

「早とちりは儲《もう》けを逃すわよ。私が言いたいのは、報酬はお金ではなく、別のもので支払いたいってことよ」

「んだと？」

「申し遅れたけれど私はエルデンヴァルク公爵家のエルトリーデという者よ。この家名に聞き覚えはない？」

その名を告げると、さらにすぐさまガトウは表情を変え……。

「お前が、ユークロフトの大旦那の娘ってことか？」

そうよ。

ユークロフトっていうのはあまり知られていないけどウチのお父様のファーストネームよ。

つまり現エルデンヴァルク公爵のことね。

「実を言うとアナタのこともお父様から聞いていたのよ。アナタがこの地区を制覇するのに、随分力を貸してもらったそうじゃない」

ウチのお父様も公爵ですからね。

まして国内で一番稼いでいる大領の主。王都から遠く離れて無役でいても隠然たる影響力を持っている。

かつて前世でも、彼ガトウがここ王都スラムで勢力を伸ばそうとしていた時、お父様が陰ながら力を貸していた。

スピリナル王国の魔法貴族の中では珍しく法や経済を重要視するお父様にとって、ここサザンランダ地区のスラムは頭を悩ませるところだったからね。

法では制圧できないこの場所を、毒で毒を制すとばかりにゴロツキの中で一番まともな感覚を持ったガトウに肩入れし、他のより外道なゴロツキたちを一掃させた。

だから現状のサザンランダ地区は、さっき王太子が言ったほど酷い環境でもないのよ。

奴隷商人の類はガトウの手で駆逐されて、もう王都には残っていない。

彼は人身売買を忌み嫌い、裏社会の掟《おきて》で禁止し、破ればスラムの中でも爪弾《つまはじ》きにされ、結局王都でも生きていられなくなる。

よって人さらいも王都ではなくなった。

ここ数年の王都は、それ以前に比べて格段に治安がよくなっているはずだけれど、それは官吏の働きによってではない。

裏社会を牛耳るガトウが、人倫にもとる汚らわしい犯罪を精力的に駆逐していったから。

一口に悪人といっても色々な種類がいて、根っからの悪である者とそうでない者がいる。

生まれついての事情からやむなく悪行に手を染めるしかない者もいて、ガトウはそっちの種類だろう。

だからスラムの頂点に立った今、自分の支配環境そのものを改善しようと必死で働いている。

そこを突いて、いいように利用したのが前世での私。

「私のお父様が、自領でどんな政策を敷いているかアナタもご存じよね？」

「ま、まあな……！　ユークロフトの大旦那は、貴族の中で唯一オレが尊敬するお人だ。あの人が自領でやってることはいつも羨ましく聞いてる。王都でもそれが行われたらどんなにいいかって……！」

「それが、私に協力するアナタたちへの報酬ということでどう？」

「は？」

さっきから『それ』だの指示語が多くてわかりづらいが、腹の探り合いをしているのである程度は仕方がない。

「アナタが羨ましがっている我が領の政策とは、どれ？　たとえば下水道の設置？」

そうよね。

王都には下水道の設備がなく、いたるところで常に悪臭が漂うほどだものね。

下水道が完備された我がエルデンヴァルク領での生活に慣れた者なら、あまりの悪臭に耐えきれないほど。

「その下水道を、このサザンランダ地区に作ってあげると言ったら、どう？」

「はぁッ!?」

「それが報酬にならないかしら？」

さすがにこの提案には驚いたのか、ドスの利いていたガトウの態度が俄《にわ》かに揺れる。

ここを好機と畳みかけるわ。

「それだけでは不満と仰るなら、値段交渉に入りましょうか？　アナタ、堆肥というものを御存じ？」

「た、たい……!?」

大雑把に言うとゴミで作られた肥料のこと。

食べ残しや糞尿《ふんにょう》、そういったものを一旦腐らせてから土に撒くと、野菜がよく育つ栄養になるという。外国では、よりいい堆肥を作る研究が行われていて、その成果は海に面した我が領にも渡ってくる。

実際に我が領では優良堆肥が実用化されて、ここ数年の農作物の収穫は右肩上がりになっているわ。

「その堆肥の生産方法をアナタたちに教えてあげるわ」

「はぁッ!?」

「堆肥の材料は、ゴミや糞尿。この王都に散らばって悪臭を放っている原因そのものよ。アナタの下には多くのゴロツキ、その下にはさらに無数の職のない人々がいるのでしょう？」

そういう人たちを動員してゴミを集めさせ、一ヶ所に集めて発酵させて堆肥にしてそれを売る。王都から悪臭も消えて清潔になり、職のない人々に賃金を支払うこともできる。

一石二鳥の政策だわ。

「そのための資金は私が出します。それと、できた堆肥の使いどころも必要よね。ここサザンランダ地区の大半はもう誰も使ってない廃屋になっている。そこを一部ぶち壊して農地に変えてしまいましょう。王都の食糧事情を改善できて、さらなる雇用も捻出できるわ」

「待て待て待て待て……！　さっきからアンタ何を……!?」

「そうやって資金が貯《た》まればさらなる施設を建造し、この地区の人々に新しい働き口を与えてあげるのがいいでしょう。初期費用はすべて私が持ちます。これがアナタたちへと支払われる報酬よ。不満はおあり？」

「不満はねえが……あるわけねえが……わからねえ……！」

ガトウはすっかり困惑で、顔中から汗を噴き出している。

「アンタの提示しているのは、ただの情報料とは思えないほど法外だ。ハッキリ言ってまったく割に合わねえ。そんなことをしてアンタに何の得がある？」

「強いて言うなら、それがアナタの望みだから、かしら？」

「……!?」

その言葉にガトウは、心のうちを見透かされたようなハッとした表情になった。

根っからの悪人でなく、その上にスラムの頂点に立てるほどの実力を持ったガトウが目指したもの。

それがスラムとなったサザンランダ地区の環境改善だった。

街を清潔にし、浮浪者に職を与え、この地区に住むすべての人々が満足して暮らせる普通の街にすること。

それがガトウの望み。

その望みを前世で知った私は、徹底的に悪用した。

お父様を介して面識を持った彼を手駒にするために。

私が王太子妃になればサザンランダ地区への援助と再開発を優先的に執り行う。

そんなエサをチラつかせてガトウを操り、ライバル令嬢の弱みを徹底的に洗い出させた。

もっと直接的な妨害を行った時も実行はガトウにやらせた。

明確な罪を、私は彼に着せた。

そのお陰で前世で私の罪が暴かれた時、彼もまた逮捕され死罪を言い渡された。

スラムを改善したいという彼の願いは叶《かな》えられることはなかった。

だからやり直しのできる今世では、きっと彼の願いを叶えてあげたい。

そう思ってかねてから準備していたことが今、急激に実を結び始める。

ガトウの望みを叶えてあげたいと言っても、それはもう一大事業。小娘の私が一朝一夕で形にすることなどできない。

だから領にいた頃からコツコツ準備だけは進めていた。

王太子妃選びが絡まなければお父様を通すか託すかして、段階的に進めていくつもりだったのに。

しかしこうなったからには勢いを得て一気に進めていくわよ！

「これを見なさい！」

ここぞとばかりに私は懐に忍ばせていたものを切り札とばかりに開示する。

それは地図。

ここサザンランダ地区の地図。

公爵令嬢の立場をもってすれば機密品でもある地図の入手ぐらいお安いものだが、しかしその地図はただの地図ではなく、手書きで様々なことが書き加えてあった。

「これは……!?」

「ここまで私の言った再開発計画を書き込んだものよ。設計図はとうの昔にできてるってこと。アナタが私に従えば、今すぐにでも計画はスタートするわ」

とはいっても今日いきなり現れた小娘の言うことなど絵空事にしか聞こえないだろうけれど。

気宇壮大ならなおさら。

ガトウの心が動かされず断られたらそこまで。

彼の答えは、いかに？

いかにも迷い、視線の泳いでいるガトウの視線が、一瞬私の横にズレた。

一体彼は何を見ているの？

私の横、やや後方に立っている人といえば……。

「……そういや聞いてるぜ。お貴族様たちは今、面白そうな催しをやってるんだってな？」

「それは……」

「王子様のお妃選《きさき》びだっけか？　オレら平民にとっては王様自体誰がなっても関係ねえんだから、お妃ならなおのことだ。……だがたった今、考えを改めたぜ」

そう言って私を真《ま》っ直《す》ぐ見据えて、ニヤリと笑う。

「ユークロフトの大旦那はたしか公爵様だったな？　公爵の娘ならたしかに王妃にはふさわしい。アンタみたいな娘がゆくゆく王妃様になるって言うなら、面白そうだ」

「待って、私は別に王太子妃には……！」

「この話受けたぜ、市井のゴロツキ風情がどこまでやれるかわからねえが、オレらなりのやり方でアンタが王子様の妃になれるようにしっかりサポートしてやろうじゃねえか。その代わりこの地区の再開発、ケツ持ってくれること忘れねえでくれよな！」

王都裏社会のドン、ガトウとの話は決着した。

望む限り最善の結果で。

王都での情報集めが当初の目的だったけれど結局多くの望みをここで一挙に果たしてしまった気がする。

前世で私が散々利用したガトウへの償いも。

彼は元来からして人の上に立つ才覚の持ち主であったのだろう。

それがたまたまスラムに生まれ落ち、スラムで頂点を取るには大悪人になるしかなかった。

しかし、この場所が変わっていけば、それに合わせて行儀のいい人間にもなれる。

そんな柔軟さも持っている。

彼を味方に引き入れれば、これから先の王太子妃選びも無難に凌《しの》ぎ切れるものと思う。

多分。

「実に見事だったな。見惚《みと》れたよ」

用が済み、サザンランダ地区から出たところでやっと王太子が口を開いた。

彼なりに律義に約束を守ってくれたということなんだろう。

「まさか王都スラムの頭目を引き入れるとは、キミは他の令嬢とはまったく発想の次元が違うようだ。いや仮に思いつけたとしても、実際に海千山千の曲者《くせもの》を説得できるかどうかは別問題。キミの話術がそれだけ優れていたということだな」

「そんなことはありません。すべては殿下のおかげです」

「オレの？」

交渉中の一瞬、ガトウの視線が横へずれて、私を見ていなかった。

あの一瞬彼が見ていたのは私の後方で待機していたキストハルト王太子。

王都の裏社会を牛耳り、トップとして情報の重要さをよく知るガトウが、我が国の王族の顔を知らないわけがない。

彼は気づいたのだ。私の護衛のふりをして張り付いてきたのが、この国の未来の王だということに。

そして私が提示した口約束に、王族の承認があると向こうが勝手に勘違いしてくれたのだろう。

そうすると信頼度は段違いに上がってくる。

結局この誰とも知れない小娘の言うことは、父であるエルデンヴァルク公爵と、同伴者キストハルト王太子の信頼度を借りて成就したようなもの。

みずからの不甲斐《ふがい》なさを痛感するわ。

まあ十六歳も迎えていない小娘では実際その程度なんでしょうけれど。

「しかし実際、キミの狙いはどこまでだったんだ？」

「と言いますと？」

「たしかにキミは、この王都で使える私的な実働能力が欲しかったのかもしれん。それにはあのゴロツキたちは最善……とは言い難いがそれなりに優秀な手駒だろう。しかしだとしてもあの報酬は法外すぎる。公爵令嬢のお小遣いではとても賄えまい」

「ご心配なく」

この件に関しては私個人ではなくエルデンヴァルク公爵家の全面出資で行われる。

その許可は既にお父様から貰《もら》っている。

計画自体は以前からコツコツ進めていたので、その準備が生きたわ。

「サザンランダ地区の再開発は一切すべて、エルデンヴァルク家の出資と計画で進めさせていただきます。まああの地区は王政からも打ち捨てられていますから許可も必要ないとは思いますが」

「もし、すべてはオレの主導で行うと言ったら？」

「あら主君たる者が臣下の功を取り上げるおつもり？」

ちょっと想定外の探りに内心では動揺する。

と言うかそれはちょっと困る。ガトウには既に私との約束で進めると言ってあるし。

「全部を取り上げるつもりはないが、オレからの命令という形にしておいた方がいいだろう。それだけで横やりはだいぶ減る」

「それはたしかに、そうですが……」

「あの地区が、王都における問題だというのは誰もが認識している。それを解決したとなればキミの評価は嫌でも上がるだろう。さらにそれをオレの命で行ったとなれば、キミとオレの密接な関わりを多くの者たちが嗅ぎ取らざるを得ない」

「は？」

何をそういうことになっていますの？

「この国の貴族連中が、魔力ありきで王太子妃を選別している横で、キミは実質的な成果で王太子妃としての素質を見せようというわけだ。本当にキミは見ていて楽しませてくれる」

違いますが。

ヒトが前世の清算を済ませようと必死になっているのに、何を独自解釈を絡ませているんでしょう？

この人がついてくると私のすることなんでも都合のいいように組み込まれてしまうわ。

こうなったら王太子妃選びの次の段階で、必ず脱落するように励まなければ！

◆

それから、私は案外バタバタと過ごしているわ。

日々を忙《せわ》しなくしている要因の主は、サザンランダ地区の再開発の準備。

領地のお父様に連絡して資金や人材を整えてもらったり、現地の人々へ理解を得られるように交渉して回ったり……。

元々サザンランダ地区の再開発は、私の前世での償いとして果たさねばならない命題の一つでもあった。

だからいつかは万全の態勢で取り掛かるつもりでかねてからコツコツと下準備は進めていたけれど……。

計画を前倒ししたお陰でてんやわんやだわ。

やっぱり勢いだけで突き進むのも考えものね。

そもそもやるにしても私自身が表立って動く必要もないし、『魔力なし』の私は独り立ちと共に国を出る可能性もあったから。

最悪、お父様に託せば問題ないとまで思っていたから、まさかここまで自分で火蓋を切って、自分主導で行うことになるなんて予想外だったのよ。

明日はまたサザンランダ地区まで赴いて、ガトウたちと打ち合わせしないと……。

ああもう目まぐるしいわ。

こんなんじゃ王太子妃選びの二次審査の対策も……、それは別によかったわ。

受かりたいとも思わない王太子妃選びのことまで考えてしまうなんて、真面目になるのもいいことばかりではないわね。

「やれやれ、ちょっとした小旅行のつもりが、随分な長逗留《ながとうりゅう》になってしまいそうですわねえ」

と言うのは侍女のノーア。

口調からちょっぴり恨みがましさが漂ってくるわ。

「私、王都生まれではありますけれど王都がこんなに住みにくい場所だなんて気づきませんでしたわ。ごはんの美味《おい》しさも空気の美味しさも買い物のしやすさも治安のよさも、エルデンヴァルク領の方が断然上なんですもの。こうなっては一刻も早くご領地に戻りたいところでしたのに」

「私に苦情を言われてもねえ……」

文句は、勝手に私を通過させた王子様にお願いしてほしいわ。

王令で呼び出された身としては、王太子妃選びという用件が済むまで勝手に帰ることはできない臣下の身の辛《つら》さよ。

「そんなに不満ならアナタだけ先に帰ってもいいのよ。王都の住みにくさは私も身に染みているから、気持ちはわかるわ」

私はまだまだ帰れない。

王太子妃選びという拘束もあるが、それよりもここでやらなければならないことができてしまったから。

堰《せき》を切ったからにはサザンランダ地区の再開発、この手で実現させるまで王都を去れないわ。

「つれないことを仰らないでくださいお嬢様！　エルトお嬢様の赴くところなら火の中水の中であろうとお供するのが私の職務ですわ！」

「言うことがいちいち大袈裟《おおげさ》ねえ……」

昔からこんな大仰な物言いをする人だったかしら？

前世では幼い頃にすぐ解雇してしまって人となりを知る暇もなかった。

元来からこうした忠義心に溢れた性格だったのかしら？

「だったらもう少し我慢していてね、サザンランダ地区の再開発が完了すれば、王都も少しは居心地よくなるでしょうから」

「本当でございますかッ？」

まあ、エルデンヴァルク領の都市設備をこの土地にも設営するってことですからね。

その範囲だけは我が故郷と同じ水準になることでもあるわ。

あのスラムで劣悪な暮らしをしている人たちのためにも、改善を急がないと……。

「もう少ししたらお父様から連絡が来るはずだわ」

お父様には、王宮との折衝をお願いしている。

さすがに国王のお膝元で断りなく都市開発するわけにはいかないから、正式には当主の娘に過ぎない私が直接交渉するよりもずっとスムーズに事が進むはずよ。

正式に認可が下りたら早速工事の着工に……。

などと考えを巡らせていたら、上屋敷の執事が入室してきた。

「お嬢様……お客様がお見えにございます」

その表情に若干困惑が見える。

……何か起きたかしら？

「今日は来客の予定なんてなかったはずよね？　どなたかしら？」

アポなし訪問なんて貴族間では蔑まれるべきマナー違反だわ。

まさかキストハルト王太子？……じゃないわよね。いくら自由奔放な王子様でも、義理も礼節も弁《わきま》えているから完璧王子なのよ。

「先方は、アーパン伯爵を名乗っておられまして……」

面識のない名前ね。

ますます何用かわからないわ。

アポなしという向こうが礼節を弁えない以上は、こっちも律義に会ってやる義理はないけれど……。

「いいわ、会いましょう。応接間に通しておいて」

王太子妃選びなんていう面倒この上ないイベントが進行中の今、些細なことでも見逃してあとで面倒に発展させたくない。

追い返すにしても用件ぐらい聞いてからの方がいいでしょう。

「ノーア、準備をするわ。最低限でいいので身なりを整えてくれる？」

「なんの！　必要最低限の格好でお嬢様を人前に立たせるなど侍女の名折れ！　ご安心ください可及的速やかに着付けをして、誰もが見惚れるコーディネートに仕立て上げてみせますわ！」

「あくまで自然にね」

やっぱり私は従者に恵まれているようね。

ノーアの助けを借りて着替えを済ませ、応接間に降りると報告通り、いかにも貴族らしい中年男性がソファに佇《たたず》んでいた。

身なりは綺麗《きれい》ではあるがどこか装飾過剰で、傲岸なけばけばしさを感じる雰囲気だわ。

「お待たせいたしました。エルデンヴァルク公爵令嬢エルトリーデ。当主たる父が領地におられるため、この上屋敷の差配を預かっております」

「アーパン伯爵ブロンガスペルと申します。煩わしい挨拶は抜きにして本題に入りましょう。女性は身支度が長くて時間を無駄にしてしまいましたからな」

あら、顔を合わせるなりけっこうな皮肉ね。

着替えに時間がかかったのはアナタが唐突に訪ねてきたからだということに自覚なしかしら？

「単刀直入なのはこちらも望むところですわ。何しろこちらは用向きも教えられずに押しかけられたのですから。何ゆえこちらに来られたのか理由も教えてくださらなければ対応も決められませんわ」

「ふっふっふ……ッ、それは失敬失敬!! 何しろ私にとって交渉相手はあくまで御当主のエルデンヴァルク公爵であるゆえ、御息女はただこちらの言葉をお父上に伝えてくださるだけでいいのですからな！」

私は伝令役にすぎないと？　だから事前のアポイントなど必要ない？

思い切り舐《な》められていることだけはわかったわ。

それから、私自身に用件がないところから王太子妃選びとも関係がなさそうね。

「それで？　我が父に何の御用ですか？」

「おやおやぶっきらぼうな口ぶりですな。そんな礼儀知らずでは王太子妃に選ばれることなど夢にもありますまい。いや、それ以前に魔力がないから望みもありませんかな！　はっはっは！」

「……用件がないならお帰り願えますかね？」

『早く本題に入ろう』って言ったのはアナタでしょうに。

「そうでしたな。お父上にお伝えくだされ。王都再開発のための多額の資金援助、感謝いたします、と」

は？

「我がアーパン伯爵家は、王都の施設管理及び建設計画を担う役職を国王陛下より賜っております。その我が家に先日、サザンランダ地区の再開発を行う旨、エルデンヴァルク公爵から通達がありました」

私からの要請にお父様が動いてくれたってことね。

さすがに王都に手を加えるのに、お上に無断というわけにはいかないもの。

担当部署に話が行くのは当然だわ。

でも、今の伯爵の言葉でどうにも引っかかるものが……？

「ちょっと待ってください。資金援助と言いましたか？」

「いかにも、さすがは我が国屈指の財力を誇るエルデンヴァルク公、あれほどの金額をポンと出せるとは驚嘆する限り！」

何を言っているのコイツは？

私とお父様は、この件でもう随分昔から密《ひそ》かに計画を進めていた。

王都に話を持ち掛ける時は、既に充分に練り上げられた再開発計画をそのまま送りつける手筈《てはず》になっていて、お父様も寸分違《たが》わず実行しているはずだわ。

なのになんで資金の話だけしか出てこないの？

「こちらの認識に違いがありますね。我らエルデンヴァルク家はサザンランダ地区の現状を憂い、その改善をするのです。そのために一応、王宮にも話をしておいた。資金援助など案にも上っておりませんわ」

「ああ、資金援助の申し出と共に送られてきた余計な文書ですな？　それはこちらで却下しておいたのでご安心ください」

「はぁ？」

私は思わず怒りに任せて立ち上がりそうになった。

前世での悪役令嬢の気分が甦《よみがえ》りかけたわよ。

「そもそも王都の建設計画は、我らアーパン伯爵家や同様の役職を賜った複数家の管轄です。そこに土足で踏み入り、我らの職権を侵そうなどといかに公爵家であろうと横暴の誹《そし》りは免れませんぞ？」

「だったらキッパリ拒否すればいいじゃない」

「はい？」

「自分たちのシマを荒らされたくない……という気持ちはわかります。そういう動機からの拒絶もありえるでしょう。……だったらすべてを拒否すればいいのです。どうすれば資金援助などという異次元の結論に行き着くのでしょうか？」

ムカつきの余り、口調が悪役令嬢になってしまう私。

しかし相手はこっちを小娘と侮っているのか、侮蔑たっぷりの笑みを浮かべる。

「ふん、これだから女子どもに政は理解できぬというんだ。いいかね御令嬢、これは高度な政治的判断の結果というものだ。我々は妥協点を提示してやっているのだよ」

妥協点？

……ですって？

「我々だって五爵の頂点に立つ公爵家とは事を荒立てたくないのだよ。万が一にも敵に回せば無傷で済まないのはわかりきっている。だからこそ当方と先方……お互いに満足できる方法を模索したのではないか？」

「それがこのふざけた結論だと？」

「エルデンヴァルク公爵家は、あのサザンランダ地区を改善したい。掃き溜めスラム地区にどのような愛着があるのか知らないが、クズどもにも慈悲をかけてくださるとは、さすが大貴族。お優しいことだ」

そう言ってアーパン伯爵は益々《ますます》下卑た笑みを露骨に浮かべる。

たとえ格上といえども令嬢ごときに払う敬意はないってこと？

「かといって我らの職域で好き勝手なさるのは、いかに大貴族といえども許されざる身勝手。そんなことをされたら我らも立つ瀬がない。せめて我々のメンツが立つように計画の修正を公爵にお願いしたいのです」

「どう修正しろと？」

「再開発の実行は我々の手に委ねていただきたい。それだけのこと。エルデンヴァルク公はスラムを立て直せるという目的を達成でき、我々はみずからの使命を全うできる。誰もが幸せになれる妙案ではありませんか」

「ふざけないで!!」

アナタたちが一体何十年、あの土地を放置していたと思っているの？

サザンランダ地区の荒廃ぶりは一年二年で出来上がるようなものではない。それほど長い間、何もできずに手をこまねいていたくせに、今さらしゃしゃり出てくるなんて。

アナタたちの手腕にはとっくに信頼の欠片《かけら》も残っていないことを自覚しなさい！

「それだけに飽き足らず資金援助ですって!?　問題を解決できる意思も能力もないくせにお金だけ

はちゃっかりせしめようというがめつさを恥じなさい！　アナタたちなんかにお金を渡して、出資に見合った成果が得られるとは到底思えないわ！　よってアナタの浅ましい要求は断固拒否します！」

「おやおや、エルデンヴァルク家の御令嬢は礼儀知らずですなあ。仮にも私は目上で年上。公爵令嬢であろうとも、れっきとした伯爵である私の方が立場は上だとご存じありませんかな？」

公爵令嬢はあくまで令嬢、公爵自身ではない。

私もまた虎の威を借る狐《きつね》だってことは百も承知よ。

それでも……。

「私はこの王都にて父……エルデンヴァルク公爵の名代となることを正式に認められています。あまねくすべて、とはいきませんがある程度の裁量における決定権も委ねられています。サザンランダ地区に関わることは特にね」

「だったら話は早い。資金援助の件すぐさまこの場でご了承ください。それですべてが丸く収まる」

「エルデンヴァルク公爵の名代として、却下いたしますわ」

そんなバカな話が通ってたまりますか。

そもそもアナタたち本職がアテにならないからこそ、こっちで立案から資金調達から人員確保から何から何まで手立てしなきゃいけなかったのでしょう。

怠慢貴族に頼《たよ》り甲斐《がい》などないと知りなさい。

「……チッ、『魔力なし』令嬢が」

盛大な舌打ちと共に漏れ出る悪態。

「無駄な抵抗ですぞ。どれだけ我がままを言おうとアナタ方と我々の共同計画はスタートしているのです。後戻りなどできぬのですよ」

「どういう意味です？」

「アナタ方のご立派な計画は、既に宰相閣下へ提出させていただきました。資金提供エルデンヴァルク公爵家、実働は我々建設計画担当者に役割を分けるという改善を施した案をねなッ!?」

アナタ何を勝手にそんな!?

「宰相も喜んで即日了承をくださいましたよ。あの掃き溜め地区は長年王都の悩みの種でしたからな。みずからの懐を痛めず解決できるなら理想的展開だ」

この国は……宰相までとてつもなくボンクラね。

魔法ばかりに頼って政治経済に少しも興味を示さない弊害が……！

「さあどうです？　さすがの公爵家といえども宰相閣下のご判断を覆すことができますか？　やるとなったら反逆罪に問われるかもしれませんな？」

「……」

「わかったら、さっさと資金の用意をお願いしますよ。ご安心ください、身銭を切って王都の発展を推し進めたエルデンヴァルク公爵家の忠心は、宰相を通して国王陛下にしっかり伝わることでしょう。心証もさぞかしよくなることでしょうな」

勝ち誇った笑みを浮かべるアーパン伯爵は、ソファから腰を浮かせて立ち上がる。

もう用はないと言わんばかりに。

「しかしどれだけ王家からの覚えをよくしようと、アナタのような『魔力なし』令嬢がいる限り評価は上向くことがない。最悪な娘を持ってエルデンヴァルク公爵もさぞかしご心痛なことでしょう。このアーパン伯爵ブロンガスペル、同情いたしますぞ？」

「……」

「ふはっはっはっは！　それでもまだ『魔力なし』令嬢による悪感情を消し去りたいと思うなら、追加支援はいくらでも受けつけるとお父上にお伝えください！　このアーパン伯爵ブロンガスペル！　アナタ方の自己満足に協力は惜しみませんからな!!」

高笑いしながらアーパン伯爵は屋敷から去っていった。

あれが彼なりの勝利宣言なのだろう。

◆

……ああ。

久々に心底苛《いら》つく相手に出会ったわ。

再開発計画にこんな横やりが入るなんて。死に戻りしてから約八年……善人恩人に囲まれすぎて腑抜《ふぬ》けてしまったのかしら。悪役令嬢たる私が、あんな小悪党に付け入られるとは。

とにかく対策を練らなければいけない。

私はひとまずガトウから意見を聞くことにした。

元々彼と打ち合わせの予定があったし、アジトへ赴き今日あったことをそっくりそのまま伝え聞かせると、ガトウは私以上に激昂《げきこう》。

「あの腐れ汚吏《おり》がぁあああッッ!!」

スラムの大ボスとして厳《いか》つい ガトウが大声を上げると、なおさら怖い。

ビリビリ空気を震わす怒号に、彼の配下であるゴロツキですら恐怖で首を引っ込めるほど。

「あッ、……ああ、すみません。御令嬢の前で大声なんぞ……」

「かまわないわよ。はらわた煮えくりかえっているのは私も同じなんだから気持ちはわかるわ」

静かに応える私に周囲からヒソヒソ声が上がる。

「ボスの大音声《だいおんじょう》に怯みもしないなんて……」

「やっぱり高位貴族ってのは、その娘も肝が据わってやがるのか……!?」

ガトウの部下たちも困惑気味。

そしていまだ憤懣《ふんまん》やるかたない様子のガトウが、聞かれてもないのに向こうから捲《まく》し立てる。

「……御令嬢、そのアーパン伯爵ってのは犬も食わねえイカサマ師ですぜ。アイツの家は代々王都の設備管理を請け負っていて、大工や左官に仕事を斡旋《あっせん》する役割を背負ってるんです」

「請負業者ってことね」

「当然その手の職種には唸《うな》るような金が入ってきます。ヤツらはそれらを着服して先祖代々肥え太ってきた一族なんですよ。……クソッ、今考えればそんないわくつきの連中が、こんなでっかい案件嗅ぎつけてこないわけがないんだ。金の臭いに対する嗅覚はずば抜けて高いんだからよ」

悔しげに唸るガトウ。

もっと早く対策を打っていれば……と臍《ほぞ》を噛む。

前世の知識さえ持っていれば何にでも先手を打てると思っていたけれど、世の中そんなに甘くはないわね。

今回みたいに前世ではなかった初めての試みじゃ、こんなに簡単に足元を掬《すく》われることになる。

所詮十年程度の知識のアドバンテージしか持たない小娘など、どうとでも転がせるってことか。

公爵令嬢といっても権力の本体は公爵であるお父様なんだし、そのお父様が遠く領地にいて権力を仮託された私だけではどうしても対応が遅くなる。

それも相手の跳梁《ちょうりょう》跋扈《ばっこ》を許した要因なんでしょうね。

「アーパン伯爵は、資金だけ私の家から出させて計画は自分の采配で進めようとしているわ」

「そんなの中抜きする気満々じゃないですか！　いいや、あの腐れ畜生どもにかかれば中抜きどころか、前も後ろも抜かれてスッカラカンになりますよ。そうして再開発は少しも形にならずに終わる！　アイツらの懐が潤うだけだ!!」

でしょうね。

そしてそれこそがサザンランダ地区が荒廃してきた最大の原因。

資金を着服するばかりで本来あるべき使われ方が少しもされなかった結果、王都は整備されることなく荒れるに任せ、それに伴って人心も荒廃してきたということ。

サザンランダ地区だけじゃない。王都内の他の地区も程度の差こそあれ似たり寄ったりだわ。

ノーアが世間話で散々批判してきた空気の悪さ、景観の悪さ、治安の悪さ。

本来その任に当たるべき人たちが、しっかりと与えられた予算を運用して、我がエルデンヴァルク領で実践されているような最新都市モデルを取り入れていたら……。

「私は、アーパン伯爵はもちろん他のどんな者たちによる私利私欲の介入も許したくないわ」

「そりゃオレだってそうですが……！　御令嬢は何かありますか対抗策とか何かが？　不甲斐ないがオレには何も思い浮かびませんよ」

彼らが真っ先に宰相を押さえに行ったのが痛いわね。

純粋な権力勝負で行けばエルデンヴァルク公爵家とアーパン伯爵家じゃあ始めから勝負にならない。

公爵と伯爵だもの。

比べるまでもない階級差だけども、ヤツらは宰相に取り入ることで逆転を果たした。

内政において国王に次ぐ権力を許された存在、宰相。

それが相手ともなればいかに国内屈指の勢力をもった私の家でもおいそれとは振舞えない。

ヤツらが既成事実としてエルデンヴァルク公爵家の資金提供を報告してしまっては、あとになって反論を叫んでもヘタをしたらこちらが『ウソつき』と糾弾されかねない。

そして黙って現状を受け入れてしまっては、私たちはヤツらに無限の小遣いを恵むだけになってしまう。

本来、荒廃地区を立て直すための資金が……。

「オレたちのシマが生き返るチャンスだってのに。今までずっと諦めていた……奇跡みてえに降ってわいたチャンスを、腐れ貴族どもが食い物に……!!」

ギリギリとにじみ出るような呟《つぶや》きを漏らすガトウ。

彼にとってサザンランダ地区への思い入れは人一倍。それを私利私欲から踏み荒らそうとする悪徳貴族への怒りも人一倍でしょうね。

「ガトウ、今アナタが何を思っているか当ててみましょうか？」

「え？」

「妙案はたしかにない。でも、それはあくまで法を犯さない……リスクを避けた範囲に限っての話」

でもガトウたちの領分は元来、そうした法に守られた範囲の外側にある。

だって彼らはスラムの無法者なんだから。

「だからアナタたちは、他の領域の人たちなら危険すぎて取れない手段を割かし簡単に取ることができる。ある意味でそれは、邪魔者を排除することにおいてもっとも確実なやり方よ。でも私はアナタたちの雇い主として、その方法を取ることを禁じます。絶対に」

そう告げられてガトウの表情は苦々しげに歪んだ。

「たとえ相手が、人と呼べないレベルのクズであろうとも同様よ。この国の法がソイツを人と認める限りはね」

「御令嬢。アンタ賢いと思いきや、あんまり賢くないですね。そんなこと黙ってればこっちで勝手に済ますっていうのに」

そうね。

実際前世ではそうやって私とアナタたちのイリーガルな関係が成立していたからね。

私とガトウたちにとって共通の目障りな相手がいたとする。

ソイツを消せ、なんて明確な指令は出さない。

ただ邪魔だと思っておけばガトウが空気を察して自発的に排除する。

そうすればガトウが勝手に行ったことで私には何の関係もない。万一ことが露見してもガトウという尻尾を切り離して私は無事でいることができる。

青い血の貴族と、汚れた無法者が裏で繋がっている場合によくあることよ。

過去は私もそうしてきた。

ここではない前の生で、私はガトウの非道性を制することなく思うままにさせ、私の邪魔者を排除してきた。

そうした挙句にガトウは私の共犯として処刑台に上がった。

同じように刑死を迎えた私は見届けることもできなかったけれど、平民の犯罪者である彼はより残忍で苦しみの増す処刑法が取られたに違いないわ。

私の間違いの巻き添えにした男。それがガトウ。

同じ間違いは繰り返さない。

「私はリスクを避けたいだけよ。アナタたちがどんなに義憤に駆られようと貴族殺しは重罪なの。官吏たちはメンツにかけて、地の果てまで犯人を追い続ける。そして捕まったが最後、破滅は確定よ。どう、違う？」

「それは……たしかにそうですが……」

「私は、自分の身の安全のためにアナタたちを雇ったの。それなのにアナタたちを雇ったことで新たな危険を呼び込んだら本末転倒でしょう」

だからお願い自重して。

アナタたちの安全のためにも。

「じゃあ……じゃあオレたちはどうすればいいんです!?　あの腐れ貴族がいる限り、オレたちのシマは救われねえ！　正規の手段じゃ排除できねえ、それなら非常の手段しかないってのに、それすら禁じられちゃ八方塞がりだ！　結局オレたち掃き溜めのクズは、分際の過ぎた夢は見るなってことなんですかい!?」

ガトウの悲痛な叫びもわかる。

彼は、無学の悪党ながら精一杯この土地を愛し抜いてきた。

塗炭の苦しみをなめる同郷同類たちのためにも、少しでもこの地を豊かにしようと取れる手段は合法違法を問わずに何でも行ってきた。

そんな懸命な願いを、私という悪女に利用されて破滅まで突き進んだ前世。

彼に二の轍《てつ》は踏ませない。

「取り乱さないで！　スラムの首領ともあろうものが情けないわよ！」

「ッ!?」

私に一喝されて、ガトウは押し黙る。

「勝手に勘違いしないでちょうだい。私がいつ諦めると言ったかしら？」

「でも、方法は……!?」

「薄汚いアーパン伯爵に一泡吹かせる算段は私が組み立ててるわ。そもそも私がアナタたちを雇ったんだから、指示を出すのは私と決まっているでしょう。ドンと大船に乗った気持ちでいなさい」

私が請け合うと、ガトウだけでなく他のゴロツキたちにも困惑と、僅かばかりの希望が、表情に浮かぶ。

「なんで……アンタそこまでやる気なんですかい？」

ガトウが尋ねる。

「アンタにとってオレたちは、お妃様になるための手駒でしょう。王子様を巡って、他の嫁候補を蹴落とし陥れるためにオレらを使うんでしょう？」

たしかにアナタたちの目から見ればそうでしょうね。

「なのに何故そこまで闘志むき出しで地区を守ろうとしてくれるんです？　地区の再開発は、手駒としてのオレたちを釣るための報酬だ。お妃様になるっていう最終目的より優先されるものじゃないはずだ」

「実現困難なら別の報酬を用意するとか、最悪オレたちに見切りをつけるって選択肢もあるでしょうに」

ガトウ以外のゴロツキまで疑問に耐えきれずに質問してくる。

「失礼ね、私が一度言ったことを曲げると？　そう思っていたのアナタたち？」

「でも……貴族連中の約束事ほど信用ならないって言うか……」

「私をその辺の木っ端貴族と一緒にしないで」

私は誇り高いエルデンヴァルク公爵の娘、エルトリーデよ。

私は私の誇りに懸けて一度交わした約束は違《たが》わない。

アナタたちに住みよい場所と、頑張ったら頑張っただけ報われる環境を提供すると約束したからには、たとえ悪魔が阻もうともその道を突き進む。

それだけよ。

「アナタたちに殺しを禁じたのは、アナタたちに余計なリスクを背負ってほしくないからよ。アナタたちにはこれからも末永く私の手足になってもらう。そのための地区再開発よ。十年二十年の先払い報酬としては悪くないでしょう？」

「十年二十年？　そこまで……!?」

そしてもちろん、法的なリスクを冒さずにあの舐めきったアーパン伯爵をケチョンケチョンにする算段は整っているわ。

あとは材料を整えて執行するだけ。

「ガトウ、アナタたちに早速働いてもらうわ。手下を総動員して、集めてほしいものがあるの」

「そ、そりゃご命令なら……、でも一体何を集めるっていうんで？」

そうね、あえて言うなら……。

伯爵様の処刑台を作り上げるための材木集めってところかしら？

死に戻り令嬢、民衆を率いる

あれからまた数日後……。

私の下へ、問題のアーパン伯爵らが再訪してきた。

別に迷惑なことではない。

何故《なぜ》なら私が呼んだのだから。

「ごきげんよう、ご令嬢。アナタの方からお呼びだていただけるとは、お金の用意が整った……ということですかな？」

アーパン伯爵はホクホク顔で私のことを見下げてくる。

大金をせしめられると確信を持っているのだろう。まるで餌を出された犬のように表情が緩み切っているわ。

そしてそんなアーパン伯爵の隣にもう一人、若い令嬢が添えられていて……。

「……そちらは？」

「ああ、紹介が遅れました。我が娘のキジナでございます」

娘？

父親同様こちらを見下す気配が濃厚すぎてむせ返るほど、得意げな表情を浮かべた若い女。

……はて？

どこかで見たことのあるような？

「本日エルデンヴァルク公爵令嬢との会談があると知って、どうしても同行したいというものですから……。娘にせがまれては父親としては頷《うなず》かぬわけにはいきませんからな」

「それで連れてきたと？」

「幸いエルデンヴァルク公爵令嬢とも年が近く、これを機に友好を深められればと。何しろこれから長いおつきあいになるでしょうからな」

つまり今回だけに終わらず、長期にわたってたかり続けていくと？

強欲な父親だけでなく娘の方も、高慢さたっぷりのすました表情で言う。

「この私がお友だちになってあげると言ってるんですから、嬉《うれ》しくて腰が抜けるでしょう？『魔力なし』令嬢ごときが普通なら、誰にも相手にされず独りぼっちでいるべきなんですもの。それを救ってあげるなんて私ったら女神のよう」

と頼んでもいないというのに恩を着せてくる。

「なんならこの間の無礼だって水に流してあげてよろしくてよ。そうね、お詫《わ》びのしるしとしてアナタの使っているドレス屋に連れて行ってもらえるかしら？　エルデンヴァルク家御用達《ごようたし》のブランドとなればさぞかし上質なドレスを作ってもらえそうだわ」

「？」

何言ってるのこの人？

この間の無礼？　彼女と私は初対面では？

「何よ黙り込んで？　『魔力なし』令嬢ごときが私を無視するなんて生意気じゃない⁉」

「……あの、どこかでお会いしましたかしら？」

「なッ⁉」

知らないものはしょうがない。

別のケースなら知ってるふりで凌《しの》ぎ切るのもいいけれど、向こうからウザいぐらいに絡んでくるので逃げ切れそうもないし。

ここは失礼を承知で事実を述べるしかないわ。何、相手の失礼さで差し引き帳消しよ。

「アナタッ、私のことを忘れたっていうの⁉　王太子妃選びの夜会で顔を合わせたでしょう⁉」

「夜会なんて数えきれないほど人と会うんですから覚えきれない……あ」

と思ったけど私の記憶力は公爵令嬢に恥じない水準だったようだわ。

「ああ、会場に入る前に絡んできた三人組の一人ね」

あの王太子妃選びの一次審査の夜。

ご丁寧にも会場入り口で私のことを待ち伏せし、閉め出そうとする令嬢たちがいた。

三人で私のことを取り囲んで『「魔力なし」は帰れ』だのと好き放題に言ってくれて。典型的な弱い者いじめだったけれど、その対象が私ということで思い通りにはいかなかったわね。

私は魔力がなくとも叩《たた》かれれば叩き返すのが信条の女だし、より不幸なことにその場面をキストハルト王太子に見咎《みとが》められて、逆に自分たちが追い返される……というオチまでついてしまったんだからいっそ憐《あわ》れむくらいだったわ。

「ごめんなさいね、どこにでもある顔なものだから記憶と照合するのに時間がかかってしまったわ」

「なんですってぇ!?」

アレを最後にもう二度と会うこともないと思っていたのに、まさかこんな望まざる再会が果たされることになるなんて……。

あの父親にしてこの娘であれば納得というか、そんな二人から一挙に詰めかけられる私が現状一番不幸だわ。

「まあまあ、……娘も、王太子妃の選考には惜しくも漏れてしまいましたが、それでもどこへ嫁に出しても恥ずかしくない器量よしと思っておりますよ。この上は、より完璧な淑女となれるようにエルデンヴァルク公爵令嬢からご協力いただきたく……」

「そうよ！　夜会でアンタが着ていたドレス、『魔力なし』令嬢にはもったいないくらい豪華でイケてたじゃない！　それだけは認めてあげるから、私にもそれと同じぐらい奇麗なドレスを仕立てなさい！　公爵家の財力ならそれぐらい余裕でしょ!!」

なんでウチの財布からアナタのドレスを作製しなきゃいけないのよ？

ダメだわ、まともに付き合っていたらこっちの正気がおかしくなる。

好き放題に言わせるのはここまでにしておきましょうか。

「無駄話はこれぐらいにして本題に進みませんこと？　お互い暇じゃないんでしょうから」

「失敬失敬！　たしかに大事な仕事の話でしたな！　それでは御令嬢、資金の受け渡しをよろしくお願いしますぞ！」

この日一案卑しい笑みを浮かべるアーパン伯爵。

その頭の中では、これからどんな贅沢《ぜいたく》をしてやろうかと金勘定が渦巻いているのだろう。

サザンランダ地区の人々の援《たす》けになるべきお金を、自分たちの私利私欲に。

「して、まず額を伺いましょうか？　ご安心ください、たとえいくらであろうとも、このアーパン伯爵ブロンガスペルの手腕で必ずや役立ててみせましょう！」

「ゼロよ」

「は？」

叩きつけた返答に案の定、アーパン伯爵は虚を衝かれて呆《ほう》けた表情に。

隣の娘も同様よ。

フフ、間抜け面でなかなか楽しませてくれるわね。

「あの……ゼロというのは？」

「ゼロはゼロよ。伯爵は算術が苦手でいらっしゃるのかしら？　たしかに勉強がお嫌いそうな顔をなさっておいでですものね」

「ふざけるな！……あ、いや、大人をからかうものではありませんぞ。何がゼロですか、そんな出資額がありえますか？」

「ありえますわ。要するにアナタなどに与えるようなお金は銅貨一枚ありませんということ。そこまで言わなければ理解できませんか？」

やっぱり幼い頃から勉強してこなかった人は、大人になってからもダメね。

「何言ってるのアンタ!?『魔力なし』令嬢の分際で私たちに逆らうつもり!?」

話の流れが変わって娘の方もわめきだす。

でもあれは条件反射的に騒いでいるだけで内容は理解していない顔つきだわ。

「御令嬢……これは子どもの遊びではありませんぞ。再開発の資金がゼロなど、それでどうやって進めていけばいいのです？」

「あらアナタは言ったじゃない。『いくらであっても役立ててみせましょう』って。アナタの手腕でね」

あの大言壮語はデマだったのかしら？

「だからと言って限度はありますぞ。まったくの無資金で何ができるというのです？　何もできないでしょう？　そんなこともわからないのか、これだから頭空っぽの令嬢は……!!」

「ご安心なさって。お金はダメですが、代わりに差し上げられるものがありますから」

「え？」

私は傍らのサイドテーブルから何枚かの紙片を持ち上げ、そのまま彼らへと差し出した。

「これは……何かの証文とか？　いくらに換えられるのですかな？」

どこまでも金しか頭にないのね。

「これは、とある建築業者から預かってきた支払証書よ。誰がいくら払ったかが、この書面によって証明されているの」

そんな支払証書に刻まれた名前は……アーパン伯爵、アナタのものよ。

「アナタは王宮から王都の建設計画を任されている。そのための莫大《ばくだい》な資金を預けられて、実働業者に振り分けることで王都を整備、保全している。これらの支払証書は、アナタが自分の仕事をしっかり行っている証《あかし》であるわ」

「はは……、それは恐縮ですな」

しかしそれは、逆にアナタがしっかり仕事をしていない証明にもなりえるのよ。

「この支払証書には、アナタが各業者にいくら支払ったのかがしっかり明記されている。アナタが国庫から預かったお金をどれだけ使ったのかが一目瞭然になるのよ。そして王宮が、公営事業の予算をどれだけとっているかは問い合わせればすぐにわかる」

そうして双方の金額をハッキリさせたあとに見比べてみたら……。

なんということでしょう。

「業者への支払の総額が、事業予算を遥《はる》かに下回っている。……本当は全く同じでなければいけないのにね」

「ひぅッ!?」

だからと言って余剰分が繰り越しされたり、国庫に戻った形跡もない。

さて、そのお金はどこへ消えたのかしら？

「アーパン伯爵。事業予算の着服はアナタの家の伝統芸みたいなものだそうね。そうやってお国から預かったお金をかすめ取り、自分のものにして大きくなった」

国家予算は、民一人一人が納めてくれた血税が集まったもの。

それを預かる国家は、納税の義務を果たしてくれた民のため正当に運営する義務があるのよ。

その国家の手足となって働く貴族が、汚いやり口で公金を我が物として私腹を肥やす。

あってはいけないことなのよ。

「パパ？　パパ大丈夫なの？」

「バカな……たかが貴族令嬢ごときがこれだけしっかりとした証拠を？　しかもこんな短期間に？」

集めること自体はそんなに難しくなかったわ。

何せ私にも、とても頼りになる優秀な手足がいるのだから。

ガトウたちが私の指示に従って建設業者を回り、証拠となる書類を軒並みさらってきてくれた。

こういうことになると裏社会を牛耳るガトウの剛腕が頼りになるわ。

本来、機密として絶対外に漏らしてはいけない支払証書を、交渉したり脅したり利益で釣ったり違法スレスレまで掠《かす》りながら奪取してくれたんですからね。

官憲のまっとうな捜査じゃここまでスピーディにはいかなかったでしょう。

だとしても、それだけじゃ昨日の今日みたいな短期間ですべてを揃《そろ》えることもできなかったでしょうがね。

もう一つの勝利のカギは他ならぬこの私。

死に戻りを舐《な》めるんじゃないわよ。

悪行と陰謀にまみれた前世、私はガトウら裏社会の住人を使って貴族たちのあらゆる後ろ暗い情報をかき集めさせた。

集めてどうしたかというと、主な用途は恐喝ね。

それらがあったおかげで前世では『魔力なし』でありながら王太子妃まであと一歩まで詰め寄ることができた。

私自身の悪事が露見し、泡となって消えた前世の野望だったけれど、そのために集めた情報はすべて改まった今世でも充分活用できる。

前世で悪事を行っていた輩《やから》が、今世でも全く同じ悪事をしているってことはあり得るのだから。

目の前のコイツのように。

王都の悪徳貴族たちがいつ、どこでどのような悪事を行っていたかは大体頭の中に詰まっている。

どこをどう調べれば悪事の証拠を引っこ抜けるか言い当てるのなんてたやすいこと。

それらの知識を駆使して、当たるべき場所を絞ってガトウたちを向かわせたら最短最速で証拠を揃えるのも造作もなかったわ。

私が百発百中で証拠を掘り返すものだから、ガトウも終《しま》いには震え上がっていたわね。

――『アンタ予言者かなんかですかい？』とか言って。

そもそも前世のアナタが必死になって集めた知識なので上手《うま》く使わせてもらって申し訳なくなってしまったわ。

とにかく、あれやこれやもあってアーパン伯爵の不正は明らか。

こんな人たちに資金援助するなんて、泥棒にお金を預けるのとまったく同じよ。

「わかってくれたかしら？　これだけの根拠を提示すれば、アナタたちの介入を拒否する正当性を宰相様にもわかっていただけると思うけれど……」

ここまでの動かぬ証拠を突きつけたら普通の悪党ならもう陥落するでしょうね。

普通の悪党だったら。

「フン、ゴチャゴチャとやかましいのよ『魔力なし』の分際で」

しかし目の前の人たちは一般的な悪党よりさらに見苦しくて諦めが悪いらしい。

口火を切ったのは父親よりも娘の方が先だった。

「小難しくてグダグダで、何を言ってるのかわからないけれどハッキリとしたことが一つだけあるわ。それはね、『魔力なし』のアンタが何を言おうと聞く価値なんてないってことよ！」

「我が娘の言う通り！　エルデンヴァルク公爵令嬢、アナタはご自分の価値をわかっていないようですな！　不正の証拠？　そんなものいくらでも振りかざせばいいでしょう。しかしそんなもの信じる者は誰もいない！」

「何故ならアンタが『魔力なし』令嬢だからよ！　アンタはこの国にあるべき魔力をもって生まれなかった。そんな存在自体がウソみたいなヤツが語ることなんて何もかもウソよ！　真実の証明なんてできるはずがないわ！」

彼らは、不正の証明から私の欠点へと論点をずらしてきた。

それは唾棄すべき人格攻撃だけど、正義になってしまう。少なくともこの国では。

この国の貴族は例外なく魔法が使える。

魔法が使えない貴族令嬢……この私は、存在自体が間違いとされる。

そんな私の発言に、証拠能力も正当性もない。

魔法が使えない人間には何を言う資格もない。それがこの国の常識なのだから。

「どう、わかった？　『魔力なし』の分際で私たちを脅そうとした罪深さが！　アンタなんかに煩わされた迷惑料も併せて大金支払ってもらうんですからね!!」

「この件は御父上であるエルデンヴァルク公爵にも厳重抗議させていただきますぞ。まったくできの悪い娘を持つ親の苦労は計り知れませんなあ。ウチとは大違いだ」

論破したと思ってふんぞり返っているところ悪いけれど。

その程度の反論はこっちにとっても想定内よ。それを見越してこっちは本当の一撃必殺を用意して……ここまではその下拵《したごしら》えに過ぎなかったんですから。

「じゃあ第二幕を開けましょうか」

私は傍らに置いてあったハンドベルを取り、鳴らす。

すると呼応してドアが開き、体格のいかつい男たちがバタバタとなだれ込んできた。

もちろんガトウと、その愉快な仲間たちよ。

「ひッ、パパッ!?」

「り、理屈で勝てなかったから暴力で勝負か!?　汚らわしい『魔力なし』令嬢にふさわしい見苦しさだな」

口は勇ましいが表情には明らかに焦りが浮かんでいる。

「ご心配なく、彼らはただの護衛兼案内人よ。私たちが決着をつけるにふさわしい舞台への」

「決着？　舞台？」

ではガトウ、エスコートよろしく。

私が部屋から出ていくと必然、アーパン伯爵親子もそれに続かざるをえなかった。

そうよね、ここで私を取り逃がしたらお金をもらえなくなってしまうものね。

「どこへ行こうというのだ？」

「そんなに遠くはないからご安心を。アナタたちの貴重なお時間を無駄には致しませんわ」

「そんなことを言って、このゴロツキどもを使ってよからぬことでも考えているんではないのか？」

「よからぬことですか？　例えばアナタたちを人知れず闇に葬り去るとか？」

私が冗談めかして言うと、さらに後ろからついてくるアーパン伯爵のご息女が『ひッ!?』と短く悲鳴を上げる。

「それこそ無用な心配ではありませんか。アナタたちにはご自慢の魔法がおありなんですから、腕っぷしだけが自慢の荒くれ者など即座に焼き尽くせばいいだけでしょう」

「う、うむ……ッ!?」

これに反論しては相手が怖いと認めるようなもの。

彼らにも貴族としての誇りがあるでしょう、それ以上はごねずに大人しくついてくるわ。

屋敷の外に出て馬車に乗る。ガトウ始めその手下たちも庶民用の外装の劣る馬車であとへ続く。

「本当に……どこへ行こうというのだ？」

フフフ……先の見えない展開に不安がっているわね。

その怯《おび》えた顔色はなかなかに面白いわよ。

しばらく馬車に揺られ……さあ着いたわ。

馬車の戸が開いて、私たちは外へと降りる。

「ここは……!?」

そうサザンランダ地区。

話題の中心となる場所よ。

この土地の再開発を巡る問題なのだから、現地こそ決着をつけるにふさわしい場所だと思って。

「しかし……なんだこの人だかりは？」

あら、さすがに違和感に気づいたかしら？

そうここはサザンランダ地区内でも中央広場というべき開けた土地。

人を集めるには格好の立地だわ。

ドヨドヨと人がひしめく際の特有な空気が広がっている。

ここに集まるは数百人……もしかしたら数千人単位でいるかも。

いずれもサザンランダ地区に住む……いいえ、この荒れた土地に住まざるを得ない様々な事情を抱える人たち。

金銭的理由、人間関係、あるいは生まれながらの性状から一般的な社会に馴染《なじ》めなかった人。

そうした人たちが最後に流れ着くべき場所がここだった。

皆一様に明日への希望が持てないまま輝きのない瞳をしている。

そんな人々が、数千人……。

「何よコイツら……臭い、汚い……!?」

アーパン伯爵のご息女が顔をしかめて口元を押さえる。

……。

今は自重よ。

「今日という日のために集まってもらったのです。ここにいるガトウは当地の顔役ともいうべき人ですから、彼に頼めば造作もないことですわ」

馬車から降りてきたガトウが面映《おもは》ゆげに頷く。

これが彼に集めてほしかったもの、その二。

まず集めた不正の証拠でアーパン伯爵の機先を制し、続く人の力で最後まで追い込む。

「アーパン伯爵、この土地のことは、ここに住む当人たちに決めてもらうというのはどうでしょう？」

「何？」

「サザンランダ地区が再開発されることで、直接の損益をこうむるのは住人たちです。彼らの運命は彼らに委ねるのがよろしいかと存じます」

「なるほど、そんな小細工のためにわざわざ移動してきたというのか。ご苦労なことだな」

アーパン伯爵はニタニタと笑って。

「こんなことをやっても結果は変わりませんぞ。我がアーパン伯爵家は先祖代々にわたって王都の建造を担ってきた。揺るがぬ実績があるということです！　それに対して小娘のお遊びなど比べるべくもない！　阿呆《あほう》な庶民なら見る目がなく騙《だま》せると淡い期待を抱いているなら、厳しい現実を知ることになりますぞ！」

「そうよ！　アンタなんて私のパパの足元にも及ばないんだから!!」

揃って囃《はや》し立てるアーパン父娘。

……いいでしょう。

「ここに集まった人たちには事前に今日の趣旨を説明してあります。アナタが進み出て呼びかければ住民は歓声をもって応えてくれるでしょう。アナタが、自分たちの運命を託すにふさわしいと認められたなら」

「フン、よかろう！」

アーパン伯爵は、英雄のように高らかに謳《うた》う。

「蒙昧《もうまい》なる愚民ども！　私がお前たちを幸福へと導くアーパン伯爵ブロンガスペルだ！　お前たちの住むこのゴミ溜《た》めを、我らの慈悲によって多少はマシに整えなおしてやろう！　お前らごときには過ぎた施しだ！　心よりの感謝をささげるがいい！」

頭どうなってるのかしら、あの人？

アーパン伯爵はあれで大喝さいが湧き起こると疑わないらしい。

両手を広げて万雷の拍手を待ち受けるのは、返ってくるのは耳の痛くなるような静寂だけだった。

「……あれ？」

「サザンランダ地区の皆さん。私はエルデンヴァルク公爵の娘、エルトリーデと申します」

代わって私がスラムの人々へ呼びかける。

「まずは、アナタたちに苦しい生活を強いたこと……王都における施政の不全そのしわ寄せをアナタたちに押し付けてしまったことを詫びます。その上で、遅きに失するかもしれませんが私に貴族の義務を果たさせてはくれませんか？」

反応はない、返ってくるのは沈黙。

しかしさっきのアーパン伯爵へのものとは違う、固唾を呑《の》むような緊迫感がある。

「貴族の義務。それは王に仕え、民に尽くすことです。貴族は民に生かされて存在しています。それなのに貴族は、当然あるべき感謝を忘れて久しい。今こそ私はアナタたちへの恩返しを実行したい。民と貴族、お互いが助け合い生かしあうことでより豊かな国が築かれることを実践したいのです」

私がそこまで言い終えると、耳にかすかな音が届く。

パチパチと乾いた音。

しかしそれは時置かず数重なり、轟音《ごうおん》となり、津波のようなボリュームで私の体全体へと押し寄せてきた。

サザンランダ地区の人々の惜しみない拍手が。

私の呼びかけへの答えが。

こんなにも胸熱い形で返ってくるなんて……!?

「煩《うるさ》い！　煩い煩い!!」

それに混じる耳障りなダミ声。

「茶番だ！　イカサマだ！　こんなもの私を陥れるための出来レースではないか!?」

「何言ってんだ？」

アーパン伯爵からの物言いに、私に代わってガトウが受ける。

「だってそうだろう！　この場を設けたのはお前たち！　だからこそ事前に示し合わせて小娘の有利になるよう仕向けたのだ！　これだから愚民どもは卑劣で汚らわしい！」

どうやら結果に納得いってないご様子ね。

それもまた想定内だけれど。

「そうかもしれねえな」

ガトウが応える。

「ここはオレたちのシマだ。オレらがやろうと思えばどんなイカサマだってできるだろう。イカサマが卑怯《ひきょう》だって言うほど高尚な精神も持ち合わせていねえしな」

「だろう！　だからこそ……！」

「でもな、人の心に縄は打てねえんだぜ。嫌なことは何を言われようと嫌さ。この地区をアンタに任せたいと思うなら、どんなにオレらが脅しつけようとアンタに拍手で応えたろう。そうじゃなかったってことはつまり、アンタは望まれていねえってことだ」

アーパン伯爵は言葉を詰まらせる。

先ほどの冷え冷えする静寂が脳裏をよぎったのだろう。

「オレら庶民を舐めすぎなんだ伯爵さんよ。揺るがぬ実績だぁ？　アンタらが積み上げてきた実績は、不正の実績だろう。アンタが常態的にピンハネしてるんだってことは気づいてるんだぜ、こちとら」

「ひ……ひぃ!?」

「そんなアンタに任せて、この土地がよくなるわけがねえだろうが！　いつも通り予算の九割がた懐にしまわれて再開発なんて微塵《みじん》も動かないに決まってる！　アンタらの腐敗堕落にはもう飽き飽きしてるんだよ！」

ガトウの怒号。

彼は心底怒りながら訴えの言葉を発している。きっと彼がこの土地で生きながらずっと溜め込んできた怒りなんだわ。

この棄《す》てられた土地で、多くの人々と共有された絶望を抱えてそれでももがきあがきながら生き抜いてきた。

その果てにスラムのまとめ役にまで上り詰めたガトウは、スラムに住む人々の怒りまでもまとめてきたのでしょうね。

「それに比べてあのエルデンヴァルク家のお嬢は、真剣だぜ。少なくともアンタよりは、比べるまでもないぐらいにな」

「はひッ!?」

「最初はオレだって半信半疑だったさ。どうせ甘やかされたお嬢様が気まぐれを言い出したんだろうって。でもあの人はやると言ったらちゃんと行動して、真摯に対応してくれた。アンタの横やりが入った時にはオレたち以上に怒ってくれた。なんでそこまで本気なのかは今でも皆目見当がつかねえ。それでも一つハッキリ言えることは、あの人は本気でオレたちにぶつかってきたってことだ」

それが勝敗を分けた。

スラムの人にだって心がある、真贋《しんがん》を見極める目がある。

その目に薄汚い欲望を見透かされたわねアーパン伯爵。

「ぐ……愚民どもが、だから何だというんだ?」

それでもまだ負けを認めようとしない。

「愚民どもが粋がったところで無駄だ！　私は、国から都市整備の任を賜ったアーパン伯爵だぞ！民の意思など関係ない！　国が決め、宰相が決めたから再開発計画は私のものなのだ！　資金も私のものだ！　愚民ごときに覆せるものか！」

鬼気迫る表情で怒鳴り散らすアーパン伯爵。

彼にあるのは王権から預かった権威のみ。

「くっくく頼る相手を間違えましたな御令嬢！　所詮民など、我ら貴族が息吹くだけで飛ぶようなクズだ！　そんなものを味方につけたところで結果は何も変わりませんよ!!」

「じゃあ、試してみるかい？」

しかしガトウの呟《つぶや》きは、アーパン伯爵の怒号よりはるかに怖いわ。

静かだけれどもドスが利いている……!?

「オレたちスラム住民は全力で反抗するぜ。アンタが再開発の指揮を執ったなら。座り込み、進路妨害、資材の破壊、闇討ち、朝駆け。……妨害の手段は山ほどあるぜ。何せその道のプロなんでな」

「ひぃッ!?」

「ここがどこだか忘れちまったのかい。サザンランダ地区だ。王家すら見捨てた掃《は》き溜《だ》めスラムよ。その意味……身をもって味わってみるかい？」

「現地住民による徹底的な反対運動が予想されるとわかれば、アナタを担当者から外す理由としては充分ですわね」

私も伯爵叩きに参加する。

私だって腸《はらわた》煮えくりかえっているのは前述の通り。少しは発散させてもらわないと。

「そして正当性は住民側にある。だってアナタの不正は明確なんですもの。さっきお屋敷で見せた支払証書、忘れてはいませんよね？」

「あひゃッ!?」

そうあれは上に訴えるためのものではない。下々の人たちに正義を与えるものだったのよ。

住民が国の意向に逆らったとしても、その行動に理が通るのなら国側もおいそれと処理できない。

「今の宰相は日和見というか事なかれ主義だから、アナタを除くことでスムーズにいくというなら除くことに躊躇《ためら》いはないでしょうね」

「ひぐッ!? そんなバカな！ 我がアーパン伯爵家は先祖代々……！」

ご先祖様の功績が消し飛ぶほどアナタのやらかしが大きいってことでしょ。

「それにぶっちゃけて言いますと宰相の判断も割かしどうでもいいんです。重要なのは我々エルデンヴァルク家の判断ですので」

「と、言いますと……!?」

「不正はもちろんですが、現地住民からとことん嫌われ工事進行に支障が出るような存在を、私たちは断固認めません。資金援助なんてもっての外。お金をドブに捨てるとわかりきっていますからね」

「そんなッ!?」

「……というエルデンヴァルク家の独自判断で、資金援助は拒否いたします。これで最初の話に戻りましたわね。ここまで根拠がしっかり固まったんですもの。宰相様も……あるいは国王陛下であろうと認めざるをえないでしょうね」

正義は我にあり。

そのことをしっかり証明するためにここまで大掛かりになってしまった。

でも甲斐《かい》はあったと思っているわ。

正義を手にした人間の突っ走りようは恐ろしいから。私も覚えがあるからわかるのよ。主に正義を執行される側として。

「ゴチャゴチャ煩いのよ!!」

勝利を目前にしたところで、それを遮るヒステリックな声。

例のご令嬢だわ。

アーパン伯爵のご息女の……なんて名前だったっけ？

名前はどうでもよくて記憶に残らないけれど、その言動のヤバさの方は忘れられないほどの強印象だわ。

「『魔力なし』や下民どもがわめいて何だっていうのよ！　私たちは伯爵家よ！　先祖代々王家に仕えてきた由緒ある家柄なのよ！　魔法の扱いにも長《た》けて現当主の娘である私は、王太子妃の候補にも選ばれている！　そんな高貴なる私たちに下民風情がたてつくなんて不敬なのよ!!」

……色々ツッコミどころが多すぎてどこから指摘したらいいかわからないわね。

とりあえず……。

「高貴さで言うなら公爵家である私がアナタたちより遥かに上なんだけど、そこのところどう思っているのかしら？」

「煩い『魔力なし』令嬢！　アナタなんて貴族を名乗る資格もないガラクタよ！　貴族の価値は魔法で決まる！　魔法が使えないアンタの価値はゼロ以下なの！　私に物申す資格なんてないことにいい加減気づきなさい!!」

自分にとって都合の悪いことはとことん無視し、都合のいいことだけ並び立てる。

アナタはそうやって今まで生きてきたのね。

でも、どんなに目をそらそうとしても現実と向き合わなければならない時は、誰にも必ず訪れるわ。

かつて私もそうやって死を迎えたように。

「たしかに私は『魔力なし』令嬢よ。生まれてから今日まで、ずっとそう罵られて生きてきた」

「でしょう！　だったら分際を弁《わきま》えて……ッ！」

「……」

「ひッ!?」

私の一睨《ひとにら》みでアーパン伯爵令嬢はすぐに言葉を呑む。

威圧で私に勝てるとは思わないことね。甘やかされてキーキー喚《わめ》くことしかできない我がまま娘のアナタと違って……。

……前世では、陰謀姦計《かんけい》を巡らせ多くの人を陥れ、嫌悪を催す悪行を数多く目撃し、またみずからの手でも行ってきた。

悪党としての年季が違うのよ。

「この国の貴族は、魔法を使えてこそ存在を認められる。魔法が使えなければ貴族であるどころか人ですらない。そうしてアナタたちは魔法を使えない他国の貴族や……そして自国の平民をも見下し続けてきた」

しかしそれが歪《ゆが》んだ価値観であることにいい加減気づくことね。

この世界、魔法が扱える者なんて一握り。国内に限っても貴族王族は全国民の一割に満たない。

その他ほとんどは平民で、彼らは特別でもなんでもなく普通に暮らしている。

国外まで視野を広げれば、魔法使いなどほんの僅かな紛《まぎ》れでしかない。

そしてこの世界を回しているのは圧倒的大多数の魔法を使えない普通の人なのよ。

それを差し置いて、たかが魔法を使えるだけで何をふんぞり返れるというの？

魔法などより有益な才能特技は、それこそ溢《あふ》れるほどにあるのよ。

「私だって、かつてはこの国の価値観に支配された一人だった。だからこそ血反吐《ちへど》を吐くまで練習して魔法を習得しようとした。……結局はできなかったけれど」

そんな私に別の世界を教えてくれたのは、自領に戻って積み上げた勉学の日々。

外国からやってきた多くの賢人たちに教わり、魔法以外の様々な価値を知ることで私の考えは解放された。

魔法を使えなくても他のことで、自分の人生の意味を証明できると知ることができた。

そして改めて前世での自分の愚かしさを再確認できた。

死ぬまで魔法以外の価値を知ることができずに暴走して自滅していった、かつての私を。

「……魔法は、この国によくない影響を与え続けているわ。『魔法さえあれば他に何も必要ない』『魔法以外の価値はない』。そんな偏った考えが魔法以外のあらゆる学術……」

政治、経済、学問、倫理、文化……。

「……それらを疎《おろそ》かにさせていった。おかげでこの国は明らかに衰退しているわ。国家の中心となるべき王都ですら、諸外国の三級都市と変わらない文明水準なんですもの。アナタたちはこのサザンランダ地区をスラムと呼んでいるけれど。……外国から見れば王都全体がスラムのようなものよ!!」

悪臭、不潔、治安の悪さ。

そのどれを見ても、国内でもっとも栄えているべき首都の水準にはまるで届いていない。

改善しようとすれば私利私欲で邪魔が入る始末。

それが悪要因のすべてが、魔法を使えるという優越意識から発しているとしたら、この国にとって魔法の存在こそ悪でしかないわ!

「それでアナタたちが破滅しようと没落しようとどうでもいいことだわ。だってアナタたち自身の

問題だし、みずからの優越意識に殉じるのも一つの生き方で、私の口出しすることじゃない」

……でもね。

「それに振り回される平民たちは堪《たま》ったものじゃないのよ！　彼らは彼らで、自分たちが生き抜くことで精一杯！　それを貴族様の気まぐれや私利私欲、独りよがりのプライドで掻《か》き回して……いい迷惑だとは思わないの!?」

「そうだそうだ！」「いい気になるなよ貴族どもが!!」「魔法が使えるからなんだっていうんだ!?」「火が出せる？　それぐらいオレだって火打石の一つでもあればできらぁ!!」「よく言ってくれたお嬢様!!」

私の啖呵《たんか》に呼応するように、サザンランダ地区の広場に集まる群衆から喚声が上がる、次々と。

それだけ怒りが大きいってことだわ、この打ち棄てられた地区で生きることを強いられてきた人々の。

彼らの怒りを一身に浴びることになるなんて。

アーパン伯爵父娘もとんだ災難ね。

欲に踊らされてノコノコ出てこなければ、こんな窮地に立つこともなかったのに。

「アンタの負けだよアーパン伯爵」

スラムの顔役であるガトウも、主犯であるアーパン伯爵を名指しして直接告げる。

声は静かだけれど、刺し穿《うが》つような気配の鋭さは、他のスラム住民とは比べ物にならない。

「再開発計画はアンタのものにはならない。だがそれだけの損害で済むとは思わないことだ。ことが大きくなりすぎたからな」

そうね。

ここまで大きな集会が開かれたからには、その話題は人の口に上って広まっていく。

それが王宮にまで届くのも阻止できないでしょう。

宰相や高級官吏の耳にも入り、アナタの職務遂行能力に疑問が持たれることでしょうね。

今までは平然と行われていた横領も、これを機会に捜査が入り……アナタは今の立場を守るために奔走しなければならなくなる。

今まで肥やしてきた私腹も、保身のために放出していかなければならなくなるし、減ったからと言って横領賄賂などをして補充していくのも難しくなる。監視も厳しくなるでしょうから。

つまりアナタはこれから確実に、これまでしてきたようないい思いもできなくなる。

私たちにちょっかい出してこなければ、そんなに苦しい立場にもならなかったでしょうに。

……判断を誤ったわね。

アナタたちはきっと、いつものように簡単に儲《もう》けられると思って気軽に踏み込んできたんでしょうけれど。

「煩い……！　煩い煩い煩い煩い、うるさぁあああああいッッ!!」

ヒステリックに金切り声を上げるのは、アーパン伯爵令嬢。

父親の方は敗北を悟ってすっかり意気消沈だというのに。

こういう時って案外女性の方がしぶといものなのかしら？

「『魔力なし』令嬢が！　下民が！　思いあがってぇええええッッ!!　そんなに言うなら見せてやるわ！　魔法の偉大な力を!!」

アーパン伯爵令嬢、杖《つえ》を取り出してこちらに向けてきた。

途端に群衆がどよめき、鋭い悲鳴も上がる。

ガトウもすぐさま緊急事態を察し……。

「アンタ、何をする気だ!?」

「近づくな！　動くんじゃないわよ！」

杖の切っ先は、ピタリと私に向けられている。

「もう魔力は充分杖に込めてある！　詠唱も九割がた唱え終わってあとは発動させるだけよ！　私がその気になればすぐさま、この下衆女《げす》は焼けただれの黒焦げになるわ！」

彼女の狙いはやっぱり私か。

そうね、照準ともいうべき杖の先が、私に向けられて微動だにしないんだからね。

私に対する敵意というか……執念とでもいうべきものが表れているわ。

「間合いも充分に開いている！　アンタが野蛮に飛び掛かってくるよりも、魔法を発動して華麗に火炎を放つ方が確実に早いわ！　いつぞやのような卑怯な手口は使えないわよ！」

いっぱしに警戒しちゃって。

夜会の際、同じように魔法で脅しつけようとして返り討ちにあったことはさすがに覚えているみたいね。

それで対策を打ってくるなんて、頭空っぽのお嬢様らしくないじゃない。

「さあ怖いでしょう！　アンタの命は今まさに、私に握られているのよ！　アンタが生きるか死ぬかは私の気分次第！　死にたくなければ必死に媚《こ》びることね！　悔いることね!!」

追い詰められて逆上するかなとは思ったけれど、ここまでとはね。

なあなあで済まされる範囲を完璧に逸脱している。思い通りにいかないから激昂《げきこう》して殺すなんてまるきり犯罪者の思考じゃない。

「キジナ！　もういいやめなさい！　これ以上は自分の首を絞めるだけだぞ!!」

「嫌よ！　パパだって悔しいでしょう、こんな下郎どもに反抗されて！　私が仇《かたき》を取ってあげるわッ!!」

父親のアーパン伯爵も焦って制止にかかるが、効果はなさそう。

「クソ、お嬢に危害は……！」

ガトウも荒くれ者の長として迅速に行動を起こそうとするけれど、私が抑えた。

「おやめなさい！」

「お嬢、しかし……ッ!?」

「ガトウだけじゃない、ここにいる全員、あの伯爵令嬢に触れてはダメよ！」

この国の貴族優越主義は、魔法のあるなしも加わって他国のそれよりずっと厳しい。

たとえ理があるとしても、平民が貴族を傷つけたとなったらどうなるかわからないわ。

「貴族のメンツを守るため無理やりな罪状をでっちあげてでもアナタたちを悪者にするぐらいあり得るのよ。今ならまだ私と彼女で、貴族と貴族の揉《も》め事《ごと》に収められる。だからお願い、手出ししないで」

ここでアナタたちを失うわけにはいかないんだから。

邪魔者がいないとわかった伯爵令嬢は、安心から幾分落ち着きを取り戻し……。

「八方塞がりだってことがよくわかっているようね？　そうよこれが魔法の力よ！　アンタがどれだけゴチャゴチャと屁理屈《へりくつ》を並べ、汚らわしい平民どもをけしかけても！　魔法の力でいっぺんに覆る！　これが魔法！　究極最強の力！」

なおも再び勝ち誇る。

「さあ、断罪の時間よ！　今までの無礼を詫びなさい！　頭を地面に叩きつけて、血が出るくらいに叩きつけて平伏してみずからの罪を詫びなさい！　そして王太子妃候補を辞退して、空いた席に私を推薦しなさい！　それで哀れなアンタのことを許してあげてもよろしくてよ！」

さりげなく王太子妃選びに復活を懸けようとしている。

まったく救いようがないわね。

そんなに品性や人倫をかなぐり捨ててまでしがみ付くべきものではないわよ、王太子妃の座は。

「やりなさい」

「は？」

「やればいいと言っているのよ。魔法で私を焼き殺すんでしょう、黒焦げにするんでしょう？　やりたければやれと言っているのよ」

「何を？　正気……ッ!?」

「魔法の力が最強というなら、しっかり証明することね。でも言っておくけれど、ここで私を殺しても事態は何も変わらないわよ」

再開発計画はあくまで公爵家が主導。私が消えてもお父様がいる限りつつがなく進行していく。ガトウたち協力者も健在なら揺るがない。

むしろここでアナタが私を害する方が、こちらの事態は好転するわ。

たとえ『魔力なし』でも公爵令嬢を舐めないでほしいわね。

貴族内でも序列は私の方が圧倒的に上。自分たちのコミュニティを守るため、たとえ他人事《ひとごと》であっても造反など絶対に許さないわ。

その杖から放たれる魔法で私を傷つければ、その瞬間にアーパン伯爵家の歴史に終止符が打たれるわよ。

王家も宰相も決して庇《かば》いだてしないでしょうし、エルデンヴァルク公爵家もメンツに懸けてアナタたちを徹底的に潰す。

最終的には再開発の障害が完膚なきまでに排除されて、安心安全だわ。

私の身体《からだ》を張る甲斐があるというものよ。

「さあ、どうするの？　撃つの？　撃たないの？　無礼な『魔力なし』令嬢を罰する絶好の機会よ、撃たなくてどうするの!?」

「こいつ何なの……怖くないの!?」

「怖いのはアナタじゃないの？　今まで散々自慢の種にしてきた魔法が、小娘一人も殺せないショボいものだってバレてしまうのがね」

これだけの大観衆が見守る中で魔法を放ち、仕留めそこなったら大恥よ。

「唯一の自慢である魔法まで失敗したら、いよいよアナタに何の価値もないってことが証明されてしまうもの。本当は隠しておきたかったのよね、脅しで引いてくれればと思ったのよね？　振り上げた拳の下ろしどころが、わからず困ってるんでしょう？」

でも残念、アナタにもう逃げ場はないのよ。

脅迫するなら相手を選ぶべきだった。腹を括《くく》って命を捨てた相手に脅しをかけるほどバカげて意味のない行為はないわ。

「さあ、やるならとっととおやりなさい！　アナタの拙い魔法で、私の息の根を止められるものならね！　どうせできないでしょうけれど!!」

「うわああああッ！　死ねぇえええええッッ!!」

完全に私の挑発に乗って激発する伯爵令嬢。

これで終わったわね彼女も……私もそうだけれど。

しかし、彼女の杖からは何も放たれなかった。

火炎も、空気の刃や水弾も。

「えッ!?　何故よ？　どうして何も？　炎よ、炎よ出《い》でよ!!」

必死で杖を振る伯爵令嬢。

でも彼女の杖からは何も、ため息すら出てくる様子がない。

「なんで魔法が発動しないのよッ！　私の詠唱は完璧だった！　杖が壊れたのこのオンボロッ!?」

どうやら本当に呪文発動失敗したらしい。

この土壇場で何をしてるのかしら？　本番に弱いタイプ？

「クソ、待ってなさい！　もう一度最初から詠唱して、今度こそ完璧な……!!」

「それを許すと思うか？」

えッ？

今の声は誰？

ここに居合わせた人々からは発せられない高貴で覇気に満ちた……若い男性の声？

「キストハルト殿下!?」

「王太子ッ？　何故ここに!?」

現れた金髪の美男子。

キストハルト王太子が現れたことに私もビックリだわ。そんなの私の予定にはないわよ!?

「オレの知らないところで、随分と愉快な催しをしているものだね？　招待状をもらっていないものだから無礼を承知で押しかけてしまったよ」

「殿下……あの、これは……!?」

「ひとまず狼藉者《ろうぜきもの》を取り押さえようか」

キストハルト王太子が合図すると同時に、数人の屈強男がどこからともなく飛び出す。

本当にどこから出たの？

彼らはおそらく王太子直属の近衛《このえ》騎士か何かでしょうけれど、彼らはあやまたず一つの目標に向かって駆け寄り、その様はオオカミの群れが連携して獲物を狙うかのようだった。

そして数人の男たちによって取り押さえられたのはアーパン伯爵令嬢。

そりゃそうよね。

「きゃああッ!?」

「杖を取り上げろ。呪文を唱えぬよう口を塞げ。魔法使いの拘束には細心の注意を払え」

近衛騎士は王族を警護するために厳選された精鋭集団。

だからこそ行動は迅速で、主人からの命令を正確に執行する。

伯爵令嬢の手から杖は抜き取られ、体は組み伏せられ、顔まで地面に押し付けられて埃《ほこり》まみれ。貴族令嬢としてこの上ない屈辱でしょうね。

「いだぁあああッッ!?　何をするのよレディに向かって!?　助けて!　助けてパパぁあッ!?」

「キジナッ!　殿下、何事です!?　何故このようなご無体を!?」

取り押さえられた伯爵令嬢本人に加え、その父親である伯爵も慌てふためく。

そして命令を発した王太子に縋《すが》る。

「そんな心外意外みたいな顔をされてもこっちが困るよ。伯爵キミの御息女は他者へ魔法を放ち、危害を加えようとした。普通に殺人未遂だ。身柄を拘束するのは当然のことじゃないかな?」

「そそそ、それは誤解です!　ちょっとした行き違いで……!?　娘はあくまでフリをしていただけで本気で危害を加えるつもりではなかったのです!　ねえ!?」

──『ねえ!?』って何よ?

まさか私に向かって言っているの?　私の同意を求めている?

「アナタからも言ってあげてくださいエルデンヴァルク公爵令嬢!　アナタは我が娘と既に大の仲良しで、あのような悪ふざけも日常茶飯事ですよね!　ね!?」

「私は真実生命を脅《おびや》かされました。命の危機を感じてとても怖かったです!」

「ちょっと!?」

何を裏切られたような表情しているのよ。

私がアナタたちを庇いだてする因果が欠片《かけら》も存在しない。

「違う！　ちがちがちが……ッ！　よくお考えください殿下、彼女は『魔力なし』令嬢ですよ！　そんな貴族の箸にも棒にもかからない失敗品よりも、この私……アーパン伯爵ブロンガスペルの言葉の方が信用に足りますよね!?」

「キミは御息女の友人を失敗品呼ばわりするのか？」

自己矛盾が酷《ひど》すぎるわ。

その間も伯爵令嬢は取り押さえられながらも暴れまわり拘束から逃れようとするので、近衛騎士たちからますます力任せに押さえつけられる。

いい加減、観念して抵抗をやめないとケガするわよ？

「殿下！　ですから、あの、その……!?」

「まあ、それ以前にキミはたいそうなウソつきであることが、この支払証書で証明されているからね。エルデンヴァルク公爵令嬢はよい証拠を提供してくださった」

と王太子、いつの間にか私たちが集めた不正の証拠を……!?

「ウソつきは何度でもウソをつくものだ。特に、私欲を満たすためにウソを手段とする者は、その癖が身に染みわたり、常態的にウソをつくようになる。……キミのようにね」

「いや、そんな私は……!?」

「ほら、またウソをついた」

王太子が目配せすると、さらに別の近衛騎士が駆け出し伯爵をも拘束する。

「殿下！　殿下お慈悲を……ッ!?」

「このような公的な証拠が出てしまっては、こちらも見て見ぬふりはできなくてね。何、念のために調査するだけだよ。潔白ならば問題ないだろう？」

「いや、それは……ッ!?」

「エルデンヴァルク公爵令嬢を侮るからこういうことになる。王宮側もね、これといった証拠がなければ動こうにも動けなかった。キミの不正を引きずり出せる知識と能力を持った相手を不用意に敵に回したこと。それがキミの敗因だよ」

アーパン伯爵父娘は、そのまま近衛騎士に引っ立てられていった。

あれはこのまま投獄コースかしら。

「殿下！　話を聞いてください！　これは間違い！　何かの間違いなのです！」

「なんで私が連れていかれるのよ！　捕まるなら『魔力なし』令嬢でしょう！　貴族のくせに魔法が使えない、アイツの方がよっぽど罪深いでしょうよぉおおおッッ!!」

ご丁寧に罪人護送用の馬車が待機してあって、その馬車の扉が開いて、バタンと閉まった。

あとに残ったのは静寂。

この静けさで、さっきまで暴れていた二人がいかに騒がしかったかがわかる。

「娘は、格上の公爵令嬢に危害を加えようとした殺人未遂及び破壊行為の嫌疑。父親はその幇助《ほうじょ》及び横領その他の疑いから逮捕連行させてもらった」

キストハルト王太子が言う。

彼の呼び掛けている相手は……私でもなく、代表者のガトウでもなく、この場に集ったサザンランダ地区の住民全員？

「この度は、貴族の都合にキミたちを巻き込んでしまい本当にすまなかった。キミたちが安心し、みずからの頑張りに応じた豊かな暮らしをするのはキミたちの当然の権利だ。それを冒す権利は貴族にもない。むしろキミたち平民の権利を守ることこそ貴族王族の務めだというのに、その務めを果たすのがこんなにも遅れてしまい……」

次の瞬間、私は信じられないものを見た。

「……すまなかった」

王太子が頭を下げた。

謝罪の低頭。王族の一人であるキストハルト王太子が。この国の頂点に立ち、いかなる場合においても間違いがあってはならない王太子が。

よりにもよって平民たちに対して頭を下げるというの!?

「おやめください！　そのようなことをしては王族の権威が……ッ!?」

「権威などに何の意味がある？　魔法などというものに過剰な優越感を持ち、それ以外の必要なあらゆる技術知識を学ぼうとせず安穏と胡坐《あぐら》をかくばかりの者どもの権威などあってないようなものだ」

　王太子！

　それわかっていても言っちゃいけないことですよ！しかも王族であるアナタみずから口にしては、ここまでの我が国のありようが揺らぐじゃないですか！

「権威や誇り。そんなものがこの国にあるとしたら、真の持ち主はここにいるエルデンヴァルク公爵令嬢エルトリーデ、キミだけだ」

「はいッ!?」

「キミはいかなる時も民を思い、民のために何をすべきかを考えている。民がいるから自分が存在できていることを忘れず、民に報いることが貴族の使命だとしっかり心得ている。その心構えこそ必要不可欠な貴族の資格だ。魔法なんかよりもずっとな」

　王太子は、私の背に手を回し、前へと押し出す。

　私と王太子が並び立つ形で、サザンランダ地区の人々と向かい合う。

「キミたちが不安にさいなまれぬよう今ここで約束しよう。以後この地区の再開発は、このエルトリーデに全権を担わせることとする。彼女以外の何者も、横槍《よこやり》を入れることはできないと、この王太子キストハルトの名に懸けて宣言する」

　それを聞いて群衆は一挙に沸き立つ。

「それなら安心だ……!!」「王太子様万歳！」「さすが未来の国王！　話がわかる！」「あの王子様が王様になってくれれば、この国は安泰だ！」

あの悪徳伯爵父娘がいた時とは打って変わり、群衆の雰囲気は温かく柔らかいものに包まれていった。

この集まりは決して貴族王族に対して当たりのよいものではないのに、それを一挙に自分寄りに引き寄せてしまう王太子の政治感覚……さすがだわ。

魔法以外にもそれぐらい優秀ということに改めて腹が立つわ。

「王子万歳！　お妃《きさき》万歳！」

「王子夫妻に栄光あれ！　二人の未来に幸多かれ!!」

……んん？

何か聞き捨てならないワードが出てきたような!?

ちょっと待って何がお妃よ？　夫妻よ!?

そんな話まったく決まってない！　今、王太子妃選びの真っ最中なんだから滅多なことを言わないで頂戴!!

「ハハハありがとう、ありがとう」

ちょっと王子!?

間違いを訂正しようとしてるんだから、笑顔で無言で引っ張っていかないで！

誤解を誤解のままで放置したら真実だと受け取られてしまうでしょう!?

「エルト、せっかく皆が手を振ってくれてるんだ。こっちも応えてあげないとね」

その前に訂正、訂正!

ああもう!　半ばヤケ気味に手を振りながら王太子に連れ出される。

そこへいそいそ駆け寄ってくるガトウ。

「あとの始末はオレたちに任せてください。お嬢、本当にありがとうございました」

アナタたちが協力してくれたおかげよ。

実際アーパン伯爵の不正の証拠を集めたのはガトウとその部下たちだし、サザンランダ地区の人々に呼びかけたのもアナタたちの仕事。

私はただ偉そうに指示を出しただけよ。

「お嬢のおかげで、オレたちはまだ夢を見ていられそうです。こうなったらとことんアンタについていきますよ。たとえ行き先が地獄であろうとね」

「バカ言わないで、地獄に落ちる時は一人で落ちるわ」

ヒトを道連れにするのは前世だけで充分よ。

思わず、過去が甦《よみがえ》って強い口調になってしまった。

ガトウも王太子も、私の予想外の反応に目を白黒させる。

「いやあの……今のはただオレの覚悟を示したかっただけっつーか……。そんなに強く返されるとは……!?」

「私もこの騒ぎで気が動転しているみたい」

向かう先には既に馬車が用意してあり王太子とともにそれへ乗り込む。

王族専用の馬車。

私が乗ってきたエルデンヴァルク家の馬車へはガトウが話を通しておくわよね？

とりあえず私は、王太子と向かい合って座る。

「……なんて顔だ。せっかく颯爽《さっそう》と助けに現れたのに」

「助けに来てくれなんて頼んでおりませんので」

私、そんなに不機嫌そうな顔をしているのかしら？

馬車がガタゴトと揺れだした。移動が始まったのね。

王太子の煌《きら》めく金髪も揺らめきだす。馬車の窓から差し込む光に反射してキラキラ輝く。

こうして無造作に座っていても様になるからハンサムは得よね。

生まれながらにすべてに恵まれた人間。

そのことを会うたび思い知らされるわ。

「今回だって狙いすましたかのような登場でしたし」

「何のことだ？」

「いいえ、いつものように、あとから美味《おい》しいところをかっさらっていくのがお上手だと」

「キミの皮肉っぷりも、いつも通りだ」

あらそんなことありませんわよ。

皮肉っぽいんじゃなくて、僻《ひが》みっぽいんです。

「今回に関しては、オレが遅れて現れたことに非はないと思うがね。キミがオレに何も相談しないのが悪い」

「どういう意味です？」

「だってそうだろう。あんな小悪党の伯爵風情に横やりを入れられたからって、そんなもの大した問題じゃない。問題にすらならない。このオレに一言声がけすれば」

「声を掛けたらどうなるんです？」

「わからないのか？　コバエを払うように追い払ってやったさ、このオレが」

そりゃ、王太子の権力をもってすれば伯爵なんてコバエ程度のものでしょうが。

基本すべての貴族には王族の命令に従う義務があり、それだけの大きな権力を使いこなせる知恵と力が、この人には備わっている。

味方にすれば、これほど頼もしい味方はいないでしょうね。

でもね、根本的なことを忘れないでほしいわ。

「アナタに助けてもらう理由がありませんから」

「また、つれないなキミは」

でも実際そうでしょう。

今回の騒動は、究極的には貴族同士の小競り合い。私闘に近いものだったんだから、そこに王族が出てくるのはお門違いだわ。

ましてや王太子がこちら側につくのは完全に贔屓《ひいき》。

客観的な理由もなしの肩入れはそういうものでしょう。

「実際キミはオレなしでも何とかしてしまったんだから、オレの助けなど本当に必要なかったんだろうな。求めるか求めないかではなく、いらなかったんだ」

そう呟きながら王太子は、泣き笑いのような少し歪んだ微笑《ほほえ》みを湛《たた》えた。

彼のイメージにそぐわない、卑屈げな表情だった。

「見事な手管だったよ。裏社会の住人を使って電撃的に証拠をかき集める。その反則スレスレの裏技があったからこそあの小物伯爵を急速に追い詰めることができた。さらに侠客《きょうかく》たちを自由に動かせたのは公爵家の権力あってこそ。そうでなければ彼らが派手な動きを見せただけで組織犯罪かと官吏が反応し、証拠集めどころじゃなくなっていただろうからな」

たしかにそうよ。

ガトウたちのバックにはエルデンヴァルク公爵家がついている。

そう脅しをかけられたからこそ建設業者も素直に支払証書を渡してくれた。

「表の力と裏の力、双方を余すことなく使いこなしたことがキミの強みであり、恐ろしさだな」

王太子は気持ち悪いぐらいに褒め称《たた》えてくるが、そうされるほどに私は落ち着かない。

だって彼が指摘した私のやり口は、前世の頃に培ってきたものだから。

目の前のこの人の妃となるために、他人を陥れて蹴落とすために用いた手段。

濫用と言っていいかもだけれども。

呪われた技だわ。

そんなものを褒められても、少しも嬉しくない。

「……キミは少しも嬉しそうにしないんだね。一応褒められているというのに。王太子からの称賛を受けて頬を染めようともしない令嬢はキミぐらいのものだろう」

「誰でもアナタを慕うと思っているなら、それは思い上がりだと以前にも申し上げました」

「……」

一瞬、会話が途切れた。

その沈黙をかき消さんかのように……。

「だが最後のやり取りにも感服したよ。キミは権謀術数だけでなく肝も据わっている。相手の暴走を誘って、自分から落とし穴にはまらせたんだから」

……。

はい？

「あの伯爵令嬢、つついただけ大きく揺れる粗忽《そこつ》な性格の持ち主だったな。その性格を利用し、大きく揺さぶって暴発させた。しかも自分を的にして。伯爵令嬢ごときが公爵令嬢に楯突《たてつ》くとなれば貴族社会では大問題だ。実際、不正を暴かれ追い詰められた伯爵家はあれがとどめになった」

アーパン伯爵令嬢が、私に向けて魔法を放とうとした件かしら？

あれも公になれば大問題になったでしょうけれど、王太子様は何をそんな、すべてが計算ずくであったかのように語っているの？

「キミが自分自身を囮《おとり》に使った時はさすがに肝が冷えたが。対策を万全に行っていたとしても、あいう博打《ばくち》めいた駆け引きは今回限りにしてほしい。そうでなければ見ているこっちが耐え切れそうにないからね」

「あの……さっきから一体何を言ってるんですの？」

あの伯爵令嬢の暴走は、私の筋書きにはまったくないことですけど？

だってそうでしょう。私は今日この日まで、悪徳伯爵が娘を同伴させるなんて予測もしていなかったんですよ。暴走して魔法を使いだすなんてなおさらよ？

私が書いた筋書きは、とにかく不正の証拠で伯爵を揺さぶり、さらに第二波でサザンランダ住民の激しい反発を見せつけることで断念させることだった。

伯爵令嬢の存在は、完全にイレギュラーで計画の外よ。

なんでそんな相手の暴走を計画に組み込めるんですか？

私がそこまで言うと、王太子はまた目を白黒させて……。

「は？　だったらなぜキミはあそこで泰然自若としていたんだ？　彼女が魔法を使ってくるとあらかじめ予測して、対策を打っていたからだろう？　実際、伯爵令嬢の魔法は不発だった。どうやったかは知らんが相手の魔法を妨害する手段を……！」

「そんな方法あるんですか？」

「は？」

「はッ？」

いやいやいや……。

あれって王太子が何かしたんじゃなかったんですの？

王太子は魔法の天才。私には想像もつかないけれど、ある程度離れた距離から他者の魔法成立を阻害する何らかの方法があったのかと。

あれだけいいタイミングで登場したんですもの、アナタが何かしたんだって思うじゃない。

「じゃあ何か？　あの不発は策でもなんでもなく純粋な伯爵令嬢のミスだったということか？……何を考えているんだキミはッ!?」

王太子の怒号。

馬車の中なので狭い室内に激しく響き渡る。

「キミが無事だったのはまったくの偶然だったってことじゃないか！　もしあの伯爵令嬢がもう少しでも魔法の扱いをちゃんとしていたらキミは大ケガをしていたんだぞ！　もしかしたら死んでい

たかもしれない！　なのに何故キミはそんなに平然としていられるんだ!?」

いや、別に平然としてないですけど。

むしろ怖いんですけど。今とか。男の人に大声で怒鳴られるって、ビクリとする。

「……今回だけじゃない。キミは自分自身への危険に対してあまりにも無頓着すぎる。どうしてそうなんだ？　何があっても自分は死なないとでも思っているのか？」

「そんなまさか……」

むしろ、しくじれば最悪の場合死ぬということは誰よりも知っていますが。

一度身をもって体験したんだし。

「お言葉ながら王太子殿下。私だって命は惜しゅうございます。死ぬのはもちろん、痛いのも苦しいのもひもじいのも真っ平御免です。そのような思いを誰が進んでしたがるでしょうか。だからこそ私は、自分だけでなく他人が嫌な思いをすることだって嫌いです。誰もが幸せに過ごすことができればと切に願っています」

かつて私が奪ってしまった幸せが、今世こそ人々に届くように。

「自分を大切にできない人間が、他人をも大切にできるわけがありません。そう思いませんか？」

「たしかにそうかもしれない。……しかしキミは、あまりにも……！」

キストハルト王太子は、何かを喋《しゃべ》りたそうな素振りを見せたけれど、それを無理やり呑み込んだ。

何？

「……キミの博愛精神に疑問を挟む余地はない。だが常に忘れないでほしい。キミが周囲の者たちに惜しみなく愛情を注ぐように、キミに対しても愛情を注ぐ者たちがいるということを」

「はあ、……はい」

何の脈絡もなしに何を言い出すのかしらこの人は？

別にアナタから言われなくてもわかっている。前世とは違い、お父様もお母様も私に惜しみない愛情を注いでくれるし、私も今度こそそれを素直に受け止めている。

わかっているわよ、それぐらいは。

……そう。

わかっている。

幕間　王太子、想い煩う

オレは王太子キストハルト。

最近、心が軽やかだ。

素敵な出会いがあったからだろう。

オレの妃《きさき》となる集められた国中の令嬢……それこそ数百人。出会いの数としては特大であったが、未来に影響を及ぼすような意義ある出会いは、数えるほどもなかった。

所詮は、王太子妃の座に目がくらんで押し寄せてきた権力の亡者。あるいは白馬の王子様とやらに憧れた恋に恋する乙女たち。

別に権力が汚らわしいなどと言うつもりもないし、少女の夢を否定する気もない。

しかしこっちは大いなる義務として王太子をやっているのであって、そこに夢やら野心やらを介在してほしくない、できるだけ。

我が伴侶に求めるものは、権力者として担わされた大いなる権能を適切に扱える自制心、公正さ、周囲を見渡せる広い視野、卑劣を憎む清廉潔白さ。

これだけ揃《そろ》っていればあとはどうでもいいというのに、なぜこの程度の最低限の条件すら満たせない令嬢ばかりなのか。

オレも我が伴侶にふさわしい女性はいないかと事前調査を行ったりもしたが、お眼鏡にかなう妃候補などほとんどいなかった。

唯一マシだと思えたのはシュバリエス辺境伯家のセリーヌ嬢ぐらいのものか。

それもそうだろう。この国が求める王太子妃の条件は、あくまで魔法。

魔法の扱いが上手《うま》いか、保有する魔力量が大きいか。

そんなものが為政者として必要なあらゆる優秀さを押しのけて重宝される。

どうしようもない価値観だ。

居並ぶ貴族令嬢は誰もかれも魔法第一主義に支配されて、魔法以外に何も気にせず育った人としての良識も持ち合わさないケダモノのような心の持ち主。

そんな女性と生涯を共にするなんて考えるだけでも怖気《おぞけ》が立つ。

セリーヌ嬢もたまたま国内随一の魔法使いであるところへ、貴族として最低限の良識も併せ備わっていたというだけで……。

伴侶とするにはオレの好みからは少し外れる。

オレとしては一緒にいる女性は機知に富んで見識豊か、軽妙なやり取りでお互いの世界を広め合うような女性が好ましい。

それに照らし合わせるとセリーヌ嬢は真面目過ぎるきらいがあった。

しかしオレは我がままを突き通せる立場にはいない。

王太子と結婚するということは国と結婚するということでもあるんだから、オレから見た善《よ》し悪《あ》しよりも国にとっての善し悪しの方が優先される。

セリーヌ嬢は、国母となるには充分な資質の持ち主。彼女をこの国の女の頂点に迎えられることはスピリナル王国にとって不幸なことではない。

だからオレ自身の相性などは二の次で、割り切った対応をすべきだと思っていた。

あの日までは。

何の期待もせずに迎えた王太子妃選びの当日。

胸のときめきなどもまったくないあの夜に、大きく胸を高鳴らせたのは他でもない。彼女との出会いゆえだ。

エルデンヴァルク公爵令嬢エルトリーデ。

彼女ほどにオレの興味を引き付け、オレの心を震わせる女性がいただろうか？

いやない。

目を奪われる美しさもさることながら、とっさに状況を把握して妙案を立てる思考の速さ、自分を置いて他者のために立ち回れる思いやりの深さも感嘆した。

彼女のように素晴らしい女丈夫を、出会う当日まで把握できていなかったのは迂闊《うかつ》の極みだ。

どうやら『魔力なし』という些細《ささい》な特徴から、王太子妃候補に挙がる確率が万に一つもないだろうと勝手に判断した輩《やから》が報告を怠っていたらしい。

そんなどうでもいいことで、あれほど優秀な人材が黙殺されるとは。

本当にどうでもいいことで……。

むしろそうして弱い立場に立たされながらも、しっかりと前を向く気高さにますます惹《ひ》かれた。

気づけばあの夜以降、オレの中で女性といえばエルデンヴァルク公爵令嬢エルトリーデしかいなくなってしまった。

しかも彼女の魅力は当夜だけに留《とど》まらない。

会うのを重ねれば重ねただけ新しい魅力を発見できる。

エルトリーデがサザンランダ地区へ向かっていると報告を受けた時、オレは彼女が王都から脱出しようとしているのかと思った。

あの夜は、相当オレのことを毛嫌いしていたからな。

――『すべての令嬢が、無条件でお前を慕うと思っているのか？』だったか。

言われてみれば確かにそうだ。オレもどこかで慢心していたな。

だがそうやって毛を逆立てる彼女の姿もどうにも愛《いと》おしい。もっと時間をかけて手懐《てなず》けるためにも脱走を許すわけにはいかなかった。

だからこそオレ自身が出向いて確保しようとしたが、彼女の意外性はオレの想像力すら遥《はる》かに超えていた。

まさかサザンランダ地区の……掃《は》き溜《だ》めスラムとまで呼ばれる問題地域の整備再開発を企図して

いたなんて。

オレもあの地区には何らかの対策が必要だと常々考えていた。

何しろ王家のお膝元なのだ。

あのように慢性化した問題地区をいつまでも放《ほ》ったらかしにしていては沽券《こけん》に関わる。

それでも一朝一夕では解決できないから、本格的に手掛けるのはオレが王位に就いてからだと思っていた。

それにエルトリーデが先んじて手をつけたのだ。

これでもうオレの視線は彼女に釘付《くぎづ》けになった。

エルトリーデは、どれほど大きな視野でこの国を見詰めているのか。しかも貴族王族といった上澄みの部分ではない。より底深いところにいる国民たちに向き合っている。

彼女のサザンランダ地区訪問に同行して得た確信がそれだった。

彼女の視線は大きく深く、そして頂点に近い高さから注がれている。

それこそ王妃……へと続いていく王太子妃に相応《ふさわ》しい。

オレは、彼女を傍らに置いた自分の治世を想像せざるをえなかった。彼女が援《たす》け支えてくれれば、オレはどれほどの適正な施策で、この国をよりよい方向へ導いていけるだろう。

オレが王者として正しく振舞うためにエルトリーデという人材は必要不可欠。

もう自分の伴侶にエルトリーデ以外考えられない。まだ続いている王太子妃選びなどというくだらない儀式もどうでもよくなっていた。

あとはいかにしてエルトリーデを傍らに迎え入れるかだ。

まあ困難はあるだろうな。

この国のもっともふざけた因習……魔法至上主義のせいで。

エルトリーデが、その能力人格に見合わない不当な評価を受け続けてきた理由こそ、彼女に魔力がないというたった一つの瑕疵《かし》から。

しかしそんなものが本当に瑕疵になるのか？

魔法が使えないことがそんなに罪深いことなのか？

我が国以外の、諸外国の王族貴族も魔法など使えないが、それでも立派に各々自国を繁栄させている。下手をしたら我が国以上に。

それなのにエルトリーデを……知識、教養、思慮、人品、家門、美貌すべてにおいて一級以上を誇るエルトリーデを魔法が使えないというだけで見下せるこの国は何なんだ。

魔法にそれほどの重大な価値があるというのか。

あるいはエルトリーデを王太子妃に迎えることで、そうした我が国の後進的な思想を払拭できるかもしれない。少なくとも足がかりにはなる。

いつまでも魔法に拘泥していては、この国に未来はない。

そしてこの国の未来を切り拓《ひら》くのは次期国王であるオレの役目だ。

オレが思う理想の未来を実現するためにも是非ともエルトリーデが欲しい。

時代遅れの貴族たちからは反発されるだろうな。

魔法しか自慢するものがない連中にとっては、自分たちより下だと決めてつけていた相手が頭上に立つことなど許しがたいだろう。

そうすることによって彼らの思い違いを粉砕できるという期待もある。

しかし同時に旧弊貴族からの徹底的な反抗を呼んで、施政が滞る恐れもある。

とすればさらに円滑に進めるためには、エルトリーデを正妃とせず、あえて側妃として迎えるというやり方もあるだろう。

正妃にはシュバリエス辺境伯家のセリーヌ嬢に務めてもらい、旧弊貴族どもを油断させてから一《いっ》気呵成《きかせい》で改革を進める。

エルトリーデとガッシリ、コンビを組んで。

彼女の協力があれば、オレが構想していた国家改革は十年早く完遂できるだろうし、その分さらなる発展を見込める。

そして何よりエルトリーデと一緒に行う統治は、歯ごたえがあって胸躍りそうだ。

未来に輝きが増したように思えた。

何としても……ここから先何があろうとエルトリーデを我が妻に迎えなければ。

オレのパートナーは彼女以外にあり得ない。

とはいえ……これから先はまだ静観していた方がいいだろう。

王太子妃選びはまだ依然として続いている。さらなる選別を行い、この国でもっとも優れた女魔法使いを決定するために。

国内一の魔法令嬢が、即《すなわ》ち王太子妃なのだから。

意味のない誤観点ではあるがな。

しかしそうした旧弊にしがみつく慮外者たちを満足させるためにも王太子妃選びは最後まで続けさせなければならない。

その結果、最後にエルトリーデが残れば万々歳だが。

そうはならないだろう、魔法以外の価値を認めないこの国の基準からみれば彼女はあまりに不利だ。

最終的には別の令嬢が選ばれるだろうが、それまでに裏で動いてエルトリーデを側妃に迎える準備を完了させておこう。

そのためにもエルトリーデにはまだまだ頑張ってもらわなければ。

王太子妃選びはよくも悪くも一大イベントで注目を集めている。

そこで彼女の振舞いが評価されれば、社交界での地位も必然的に上がり、エルトリーデが側妃に迎えられることへ反論も出にくくなる。

これからの王太子妃選びはそのためだけの茶番だ。

最終的にだれが残ろうと知ったことではない。

王の責務をオレと共に果たしてくれる伴侶は、エルトリーデ以外にない。

◆

そうして現状維持を選択してからほんの数日。

早速アクシデントが起こった。

「アーパン伯爵が？」

オレは日常的な政務に追われ城にこもっていた。

そこへ、子飼いの部下からの報告を受けて、オレは思わず走らせていたペンを止めた。

不快さから。

「あの腐敗貴族が。とことんこの国のためにならないことしかできないらしい……！」

報告の内容は、都市整備を担当する貴族の一人がサザンランダ地区再開発計画を自分の主導とするよう、宰相に願い出てきたと。

王城で働く官僚、騎士、執事やメイドに至るまでオレの個人的な息のかかった者たちが相当数紛れ込んでいて、中で起きたことは大体すぐさまオレへと伝わる。

だから件《くだん》の伯爵が宰相へ目通りしたことも、居合わせた補佐官を通じて即刻オレの知るところになった。

報告にやってきた部下はさらに述べる。

「アーパン伯爵は、王都の都市整備の采配を任され、再開発なら自分が適任であると言い出したそうです」

よりにもよってオレのエルトリーデが肝いりの計画に横やりを入れようとはな。

彼女は心からあの地区に住む人々のために、荒れ果てた地域を整えなおそうとしているというのに。

それを邪魔するならば彼女への国民への、王族への裏切りということになるぞ。

「それで宰相はどうした？　突っぱねたのか？」

「いいえ、いつものように上手く丸め込まれて裁可を出したようです……」

チッ、あの事なかれ主義の風見鶏《かざみどり》が。

現職の宰相は、王妃の縁戚にあたる中でもっとも魔法に長《た》けた者が抜擢《ばってき》された。

縁故である上に、まったくわけのわからない採用基準で採用されたためか官吏としてはまったく無能。

相手の論説に従うばかりで、自分の考えで何かを決めたことが一度もない。

その分オレが何かを推し進めようとする際にも対立せず、その点においては都合がいいが。こんな弊害が表れるたび、どうにかしてクビにできないものかと悩む。

「あとから来て主導権をよこせとは筋も何もあったもんじゃない。発起人であるエルデンヴァルク公爵家に泥を塗るものだと気づかないのか？」

「下手をすれば国内最大貴族と王家との抗争に発展しかねません。普通はそうならぬように調整するのが宰相の役目だというのに、日ごろの付き合いを優先して最悪の選択を……」

エルデンヴァルク公爵はここ数年領地に引っ込んで王都に姿を現さないから、影響力が薄くなっていることは否めない。

しかしそれでも国内で三指に入る、兵力と財力と発言力を持った大貴族であることは間違いない。

そんな重鎮を怒らせていいことなど何もないと、宰相職に就きながら気づきもしないのか、あの無能は！

「それにアーパン伯爵はかねてより横領や賄賂の疑いをかけられており、黒い噂《うわさ》が絶えません。彼が実権を握れば、よからぬことになるのは確実かと……」

再開発のために準備された莫大《ばくだい》な資金は、本来の使われ方はされずにヤツの懐に消えるか。

……気分が悪い。

貴族とは王族の命令を受け、民の生活を守るために働くものだというのに。民を苦しめ私腹を肥やすというのか。

それもこれも蔓延《まんえん》する魔法至上主義がもたらす実害か。

魔法さえ使えればそれでいいと思っているヤツらが、それ以外の貴族に必要な学識、教養を疎《おろそ》かにして箸にも棒にも掛からぬ無能貴族となるのだ。

いずれオレが王となった暁には、そんなお荷物どもを一人残らず駆逐し、この国から一掃してくれる。

今すぐにそうできないことが何より口惜しいが……。

まだまだ次期国王に過ぎないオレが強権を発動し、正しくともやりたい放題に振舞えば、自己保身しか考えない無能貴族どもは警戒するだろう。

我が身が危うくなれば結託し、オレの即位を阻んでくることすらありえて面倒になりかねない。

だからこそ大掃除が行われるのは、実際にオレが国王となってからになる。

それまでは人当たりのいい王太子を演じて油断を誘わなければいけないのだが、こうして実問題が目の前に現れると歯がゆいばかりだな。

「ここまで事態が大きくなってしまっては、王太子殿下に収めていただくより他ないかと」

部下が泣きそうな顔つきで言う。

「アーパン伯爵の横暴を放置しておけばエルデンヴァルク公爵の激怒を買うことになり収拾がつかなくなることは明らかです。かといって宰相が認めた以上、アーパン伯爵を止められる者はおりません。宰相以上の権力の持ち主でなければ……！」

そこでオレの登場というわけか。

宰相より上の権力者となればそれこそ王族しかいないからな。

オレだって王座を前に慎重にならなければいけないが、だからといってサザンランダ地区救済のチャンスを逃すのはあまりにも惜しい。

とりあえずはエルデンヴァルク公爵へ手紙を送ろう。

――『決して悪いようにはしないので激発は抑えるように』と。

最悪の崩壊は避けられるようにしてから、じっくりと腐敗伯爵の排除に取り掛かる。

まずは根回し。

宰相に会って事の重大さを懇々と説きふせる。どうせアイツは最後に話した相手に追従する風見鶏だ。こちらに従わせたあとで余計な口出しを遮断すれば、それ以上引《ひ》っ掻《か》き回してくることはない。

あとアーパン伯爵もどこぞの派閥に属しているだろう。その領袖に話を通してあくまで対立するのは伯爵個人とだけだとわからせなくては。

それから……。

とりあえず配下の者たちへと指示を飛ばす。

「アーパン伯爵の不利になる証拠を何でもいいから掻き集めておけ。本件に関わるものでなくてもいい。ヤツを黙らせるための手札を揃えておくのだ」

「かしこまりました。ですが……」

オレの指示を受けなお部下は戸惑いがちにこちらを見返す。

普段は優秀なヤツなのだが一体どうした？

「準備はいいのですが、伯爵を止めるために実働を起こすのはいつ頃になるのでしょうか？　タイミングを示していただかなくては我々も呼吸の合わせようが……」

「それを決めるのはオレじゃない」

「はい？」

エルトリーデだ。

この件で最初に被害をこうむるのは彼女だ。彼女こそが再開発計画を先導しているんだから。

きっと今頃はアーパン伯爵からケンカを売られて頭に血が上っていることだろう。

困難を前にしてメソメソ泣き崩れるような性格ではないからな彼女は。

「事態の打開のため、彼女は必ずオレを訪ねる。その時こそ反撃開始だ。オレは彼女を守るナイトとして颯爽《さっそう》登場し、伯爵の不正を暴いてやる」

彼女は賢い。王太子《オレ》という最大最強の切り札を手にしていて使わないなんてことはない。

オレだって呼ばれもせずにしゃしゃり出て『不正は有無も言わさず叩《たた》き伏す』なんて印象を他の腐敗貴族に持たせるのは避けたい。

何度も言うように大掃除はオレが即位してからだ。

そのためにもオレが動くのはあくまで目にかけているエルトリーデを助けるためという形にしておきたい。

オレからしても彼女からの救援要請は希《こいねが》うものだ。

大丈夫、エルトリーデは必ずオレを頼ってくる。

将来、国王夫妻として助け合って国政を担っていく、その予行演習だと思えばいい！

◆

そしてまた数日経過し……。

「何故《なぜ》、何も言ってこない!?」

エルトリーデからはナシのつぶてだった。

彼女も彼女なりにアーパン伯爵への対策を練っているようだが、それなら一番の近道はオレに訴えることだというのに。

彼女からの連絡は一切ない!!

何故だ!?

「あの……殿下、こうなることはわかっていたのでは？」

「なんだと!?」

部下が諭してくる。

こいつもまた我が国出身の貴族であるが、オレに付いて諸外国を遊歴し国際的な常識を身につけている。

それゆえに我が国の魔法至上主義に反対し、オレも腹心として心から信頼できるのだが……。

「私も夜会の頃からエルトリーデ嬢の様子を窺《うかが》ってきましたが、克己心が非常に強い令嬢に見受けられました。そんな彼女が危機に陥ったとはいえ、嫌う……いやその、敬遠している相手をみだりに頼るものでしょうか？」

敬遠？

彼女が私を？

「会話の内容からそう感じましたが、殿下は思い当たりませんか？　いずれも殿下に直接言われたことですが……」

たしかに一般の令嬢から言われるよりは厳しい言葉遣いが多かったように思えるが……。

それでもオレはこの国の王子だぞ、もっとも頼れる相手だ。

そんな人間を傍《そば》において頼らないという選択肢はあるのか!?

「エルトリーデ嬢は克己心の非常に強い方だと言いました。克己心とは己を制する心、自分の欲望を押し込めようとする心です。それが余人以上に強いということは、魔法を持たずしてこの国の貴族に生まれてしまったという想像を絶するハンデゆえかと。誰より自分に厳しくなければ真《ま》っ直《す》ぐ立つことも難しかったのでしょう」

それは……そうだ。

そこはオレだって認めている。彼女が努力の結果身につけたものを、この国は認めようとしないのは何故なんだとはらわたが煮えくり返る。

「そんなエルトリーデ嬢にとって殿下、アナタは尋常ならざる魔法の才に恵まれた、すべてを得た人間です。彼女にとってもっともコンプレックスを刺激させられる人間でしょう。そんな相手に頼る……弱みを見せることを、克己心が強すぎる彼女がなさるでしょうか？」

コンプレックス……？

このオレの存在自体が、彼女をざわつかせていたと？

これまで彼女がオレに向けていたとげのある言葉の数々は、好意の裏返しとかありがちなものではなかった。

本当にオレを忌避するものだったというのか？

オレの動揺も意に介さず部下は言う。

「エルトリーデ嬢の周辺調査は続けております。近日、アーパン伯爵との対決に臨むようです」

「なんだと!?」

「そのために準備万端整え、争点であるサザンランダ地区で何事かを仕掛ける様子です」

「……」

……つまり。

オレが彼女のために関われるとすれば、そこが最後のチャンスになるということか。

もはやこうなっては形振りかまっていられない。

彼女にどう思われようとも今やオレは彼女を必要だと感じている。

エルトリーデのために動けるなら、たとえお呼びでなくてもしゃしゃり出なくては！

そう思い、オレは極秘裏にサザンランダ地区へと潜り込んだ。

彼女の指示で集められただろう群衆の中心で、エルトリーデは勝利の女神のごとき輝かしさで小物アーパン伯爵を追い詰めている。

証拠を集め、民衆を味方につける。

この二つの刃で腐敗貴族を徹底的に追い詰め、陥落させんとしている。

エルトリーデは本当に、オレからの援けなどまったく必要なく勝利をもぎ取ろうとしているのか。

彼女一人の手腕で。

それは手放しで賞賛すべき偉業ではあったが、同時にどうしようもない寂しさがオレの中を吹き抜けていった。

心に穴が空いたような……。

しかし相手は腐敗貴族、その息女と思《おぼ》しき令嬢が逆上をかましてエルトリーデに杖《つえ》を向けた。

人に対して攻撃魔法を放とうというのか!?

なんという暴虐を!?

何としても彼女を救わなければ。こうなればオレも攻撃魔法でエルトリーデの脅威を吹き飛ばすことぐらいに躊躇《ちゆうちよ》はない。

しかし光魔法といえども魔力を集中させ、詠唱を唱え終わるのに一定の時間を要する。

しかしあの暴走令嬢はすでに魔法の準備を整え終えていた。

オレが見守る位置からでは駆け寄っても間に合わない。

それでも……、それでも何としてでもエルトリーデを救いたい、そう思った時……。

不思議な現象が起こった。

エルトリーデの身体《からだ》から何やら黒い靄《もや》のようなものが出てきた。

はじめは目の錯覚か何かと思ったが間違いない。

まるで漆黒の闇が、断片となって湧き出たかのようにエルトリーデの肢体からにじみ立ち、さらには空間を駆け上って、あの暴走令嬢にまとわりつく。

特に魔力の集中した杖に。

それと同時に、杖にこもった魔力が霧散し、残り香もなく消滅していくのが感じられた。

「えッ!? 何故よ？ どうして何も？ 炎よ、炎よ出《い》でよ!!」

暴走令嬢も魔力が消え去ったことに動揺し杖を振り続けるが、見苦しいだけだ。

一体何だったのだろうかあれは？

エルトリーデから出てきた靄のような黒は、オレ以外の誰にも感知されていないようだった。

彼女自身が何かしたのか？

そう思ってあとで聞いてみたが本人すらまったく覚えがなく、オレが助けていたとまで思っている始末。

だったらあの黒い靄はますます何だったのか？

いやそれよりもエルトリーデは、あの危機にまったくの無策で臨んでいたというのか？

命の危険すらあったのに!?

それを知ってオレは愕然《がくぜん》とした。

思えば夜会でもそうだった。

その日、出会ったばかりのアデリーナ嬢。他人でしかない二人のために自分の将来を賭けてまで手助けした。

彼女は自分自身の生き死にに対してあまりに執着がなさすぎる。

そのことにあまりに愕然とし、平静を保てず声を荒らげてしまうほどだった。

何故だ？

何故そこまで自分を粗末にできる？

キミが死ぬかと思って、オレは自分の心臓が止まるほど恐怖を感じたというのに。

キミは少しも頓着することがなく、生き残っても死んでいたとしても大して違いがないと言わんばかりに平然としている。

オレがキミを気遣うことも、キミを心配して身が引き裂かれそうになるのもどうでもいいということか？
オレにキミを気遣う資格も、心配する資格もないというのか？
キミがどんなに窮地に陥ろうとも、オレに助けを求めない。
エルトリーデにとってオレは、その程度の価値しかないというのか。
――『お前では、彼女の絶望に触れることはできない』
……。
えッ？
今、オレの脳裏に光の速さで過ぎ去っていった言葉があった。
一体誰の言葉であったのか、何を意味する言葉だったのか。
何もわからないまま光陰のように過ぎ去り、そして戻ることはなかった。

エピローグ　死に戻り令嬢、二次審査に進む

アーパン伯爵との対決からさらに数日後。

私はまた王城にいる。

サザンランダ地区再開発の件は無事丸く収まり、当初の予定通り我がエルデンヴァルク公爵家の主導で進むことが確定した。

これはキストハルト王太子が率先して取りまとめたので以後も覆ることはなさそう。

そして今日、王城に呼び出されたのはそれとはまた別件で、例の王太子妃選びの第二段階のため。

……本当に私、勝ち残ってしまったのね。

そんな気持ちはまったくなかったのに。

周囲を見渡すと他にも数十人、着飾った令嬢たちが集っている。

まだまだ多いけれども数百人の中から絞ったというなら適正な人数ね。

その中の一人が、私へ向かって歩み寄ってきた。

スラリと長身の、それでいて吹き抜ける春風のような爽やかな印象を持った美女……。

「セリーヌ・シュバリエス辺境伯令嬢……」

「お見知りおきくださっていたとは光栄ですわ。エルトリーデ様」

そりゃアナタとは前世からの因縁がありますからね……。

しかしそれを彼女にぶつけるのはお門違いなので呑《の》み込む。それこそ鉛を飲むような気持ちで。

「改めてエルデンヴァルク公爵令嬢エルトリーデ様。シュバリエス辺境伯が娘セリーヌご挨拶させていただきます」

極めて潑剌《はつらつ》に挨拶してくる。

この私の重苦しい表情を視認できていないのかしら？

「私、ずっとアナタとお話ししたかったのです。先日の夜会では機会に恵まれませんでしたので、本日やっと望みが叶《かな》って嬉《うれ》しいですわ」

「それはどうも……!?」

このグイグイ来る感じ、カリスマ性の発露みたいで絡みづらいわ。

辺境伯という『侯爵以上、公爵同等？』ぐらいの高い家格に生まれ、国内屈指と呼び声高い魔力の素養を持つ。

おかげで前世でも今世でも王太子妃の最有力候補よ。

他の有力候補よりも頭一つ抜きんでていて、私が王太子妃になろうとした時、最大にして最後の障害だった。

どんな手段を使っても引きずり下ろせなかったので強引に暗殺を企てたところ、露見して逮捕。

それが前世での私の死因。

結局悪いのは自分だってわかっているけれど、それでも自分の死に関わった相手ともなれば苦手意識ぐらい持っても許されるわよね？

「私ごときに気をかけていただいて恐縮ですわ。でもアナタには余事にかまけている場合ではないのではありません？」

「どういうことでしょう？」

「アナタは押しも押されぬ最有力候補。十中八九アナタが王太子妃で決まりでしょう。しかしだからと言って今はまだ候補でしかない。すべては確定しておりません。まだまだ手強《てごわ》いライバルが幾人も残っているというのに、彼女らへの警戒を疎《おろそ》かにして私のようなその他大勢とお話ししていていいのかしら？」

余裕ぶっていると足元をすくわれますわよ？

そう皮肉で返そうとしたのに、セリーヌ嬢は人好きのする微笑《ほほえ》みを浮かべて……。

「私は、アナタこそが王太子妃に一番近いと思っておりますわ」

「は？」

「国内最大勢力であるエルデンヴァルク公爵家の御息女にして知性、美貌、品格、すべて他を圧倒するのがアナタではありませんか。こうして立ち話するだけでもヒシヒシ感じる教養の深さ。同じ貴族令嬢ではありますが敵《かな》う気がいたしません。アナタに教えを請いたいぐらいです」

「謙遜ごっこなら余所《よそ》でしてくれませんかしら？」

語気が荒くなってしまうのも仕方がない。

知性？　美貌？　品格？

そんなもの、この国ではすべて意味がないと知っているでしょうに。

この国で意味あるものはたった一つしかないのよ。

「お気を悪くなさらないでください。私、本当にアナタに憧れているんです」

それなのにこの完璧令嬢は、嫌みのまったくない笑顔で言う。

「ここ以外のすべての国であれば、こんな選抜など開くまでもなくアナタが王太子妃に選ばれていたでしょう。それなのにアナタは選ばれていない。ここは本当に不思議な国ですわ」

「…………」

「私はこの国に、できる限り手早く正常な国となってほしいのです。エルトリーデ様が王太子妃となってくれれば、それが叶うと思っていますの。なので期待させていただきますわね」

「的外れな期待は、相手の負担になりますわよ」

「そうでしょうか。アナタもなかなか意欲的なように思っておりましたが」

どうしてそうなるのよ？

私が前世以外で王太子妃になろうと積極的だったこと、一度でもあります？

「この国の貴族は頑固で、古い考えに固執しております。だからこそ庶民から意識を変えていくことが良策だと感心いたしました」

ん？　どういうこと？

「サザンランダ地区の再開発は、そういう狙いあってのことでしょう？　おかげで庶民からのアナタの人気は絶大。いかに魔法だけしか見ない貴族や王族も、数千万人の声を無視し続けるなどできませんわ」

「違いますが!?」

再開発計画、そんな風に紳士淑女たちに受け止められているの!?

とんでもない勘違いよ、困ったものだわ!!

「……するとあの事業は点数稼ぎなどではなく、本当に純粋な善意から始まったというんですか。エルトリーデ様は想像以上に素晴らしい御方《おかた》でいらっしゃるのね。私、ますますアナタが気に入りましたわ」

セリーヌ嬢の笑顔は、見る者を穏やかにさせる不思議な心地よさを持っている。

これもまた私にはない才覚。

「アナタが意識している、いないに関わらず。再開発事業でアナタは王都の民の心を摑《つか》みました。それはこれからの王太子妃選びで必ず有利に働くはずです。アナタはこのレースのダークホース。それぐらいは認めてもよろしいんじゃなくて？」

「……」

認め……たくない！

「どう思われようと、王太子妃選びは私たちの意思で辞退できません。時間はたっぷりあるのですから活用して、互いの友誼《ゆうぎ》を深めようではありませんか。私たち、いいお友だちになれると思いますのよ。それでは……」

軽い会釈をして、その場から離れていくセリーヌ嬢。

言いたいことを言うだけ言って行ったわね。

彼女の話したこと、聞きようによってはすべてが凄《すさ》まじい皮肉にも聞こえたけれど。実際のところはどうか判別しがたいわね。

深いところが読めない魂胆不明の女セリーヌ・シュバリエス。

今世でも強敵として立ち塞がるなんて勘弁してほしいわ。

「勘違いもいい加減にしてほしいわね『魔力なし』令嬢」

やっと曲者《くせもの》が去ってくれたというのに、間髪《かんはつ》容れずに次の客。

今度は誰？

「ファンソワーズ・ボヌクートよ。王太子妃選びに参加しているなら私の名前は聞いたことがあるんじゃない？」

ああ、王太子妃有力候補に名を連ねる侯爵令嬢ね。

炎のような紅蓮《ぐれん》の赤毛を揺らめかせる、立ち姿全体に迫力の熱気をまとった少女。

その雰囲気にピッタリ合った赤色のドレスをまとい、美しいのは当然ながらも見る者を圧倒させる覇気をも併せ持った、烈女とも評すべき乙女。

「何かの間違いでアナタが第一審査を通過していたというのは本当なのね。一体どんな卑怯《ひきょう》な手段を使ったのかしら?」

「これが何も使ってないんですよね……信じがたいことに」

私が一番信じられないわ。

「ふん、どうでもいいわ。どちらにしろ奇跡は二度も起きるものじゃない。資格ない者は早々に脱落していくでしょう!」

「私もそう願っております」

「王太子妃選びはね、もっとも優れた女魔法使いを決める戦いでもあるの。『魔力なし』のアナタが出てくるには場違いなのよ! 私たちの誇りある戦場をこれ以上侮辱されたくはないわ。恥じる心があるなら、さっさと身を引くことね!!」

ああ、予測した通りの反応。

何を考えているのか読みづらいセリーヌ嬢とのやり取りと比べれば、安らぎすら感じるわね。

「ちょっと! 何ホンワカした表情になっているのよ!? 私のこと舐《な》めているの!?」

「滅相もない。ファンソワーズ嬢は本当に可愛《かわい》いなと思っただけですわ」

「それが! 舐めてるって! いうのよ!」

純粋に褒めたのに怒られてしまったわ。

子犬を撫《な》でようとしたらガン吠《ぼ》えされた時のことを思い出したわ。

「とにかくアナタは、私が理想としている王太子妃選びのイメージにそぐわないの。魔法の競演を邪魔しないように、せいぜい隅っこで小さくなっていることね!!」

彼女……ファンソワーズ嬢もまた有力候補に挙げられる魔法の達人なのよね。

段階が進み、数も絞られたことで濃い人たちとも接触する頻度が増えてしまうわ。

避けられない面倒ごとはまだまだ続きそうね。

やれやれ。

番外編　侍女の想い

私はノーア。

エルデンヴァルク公爵家にお仕えする侍女。

そしてお家の一人娘であらせられるエルトリーデお嬢様に専属でお仕えしている。

お嬢様には……その、幾分の問題があるようで、これまでも多くの侍女やメイドがお仕えしては時置かずに辞めていったとのこと。

私も最初にお役目を言い渡された時は不安で堪《たま》りませんでした。

実際にお会いしたお嬢様は、まるで小鬼のようでした。

ご令嬢として甘やかされて、我がまま放題に育ったのか少しでも気に入らないことがあると暴れてとても手が付けられません。

身分的にも遥《はる》か上な御方《おかた》なので手を上げるわけにもいかず、まるで小さな嵐のようでした。

耐えて収まるのを待つ以外に手立てがありません。

そんなお嬢様の癇癪《かんしゃく》ぶりに、多くの人が音を上げて暇乞《いとまご》いしていったそうです。

貴族のお嬢様は皆そんなものかと思っていましたが、専属となってお世話をし続けていくうちに段々と事情が察せられてきました。

お嬢様は、この国の貴族ならば持っていて当然の魔法を使えないらしく、そのせいでかなり厳しい立場に置かれていました。

同じ貴族のお友だちもおらず、集まりに赴けば見下され爪弾《つまはじ》きにされてる。血の繋《つな》がったご両親ですらお嬢様を無視し、いないものとして扱う。

どれも多感な年頃の少女にしてみればあまりにも酷《ひど》い仕打ち。

性格が歪《ゆが》んでしまうのも無理からぬことでした。

それでもエルトリーデお嬢様の偉いところは、使えない魔法を使えるようになろうとあきらめずに努力を積み重ねるところでした。

それ以外に認められるすべがない、というのもあるでしょうが毎日欠かさず家庭教師を呼び、基礎練習をクタクタになるまで繰り返す。

すべては魔法を使えるようにするため。

エルトリーデお嬢様は自分のなすべきことから目を背けない御方でもありました。

あんなに小さいというのに、ご自分に課された重みを理解して逃げることを許さない。

普段からあのように立ち居振舞いが苛烈なのも、癇癪持ちなのも、ご自分の置かれた立場ゆえ魔法を使えるようになりたいのに思い通りにならない苛立《いらだ》ちからだと理解しました。

そうなると私は、この小さなお嬢様を応援してあげたいという気持ちになりました。

公爵家の厨房《ちゆうぼう》をお借りしてミネストローネを拵《こしら》えます。

私の故郷の料理でたくさんの豆や野菜を刻んで煮込んだスープで、食べやすくて消化にいい。体を内側で温めて、空腹も満たしてくれる。

その日も、夜遅くまで魔法の練習をなさって疲れ切ったお嬢様が部屋に戻ってきました。

早速温めたミネストローネをお出ししました。

疲れを癒してもらおうと……。

でもお嬢様は……。

私の手を払い、ミネストローネで満たされた皿ごと床に叩《たた》きつけました。

陶器の砕ける鋭い音。ぶちまけられた野菜スープが、床の埃《ほこり》と混じって不快な臭いを放ちました。

「なんなのよこれはッ!!」

お嬢様は激昂《げきこう》して言い放ちます。

「こんな田舎の庶民の料理！　魔法の使えない私は、貴族じゃないから庶民の料理でも食べてろっていうの!?　お前まで私を侮辱するの、使用人の分際でッ!?」

違います、私は……ただお嬢様を励ましたくて……!

お嬢様が頑張っていると、そのことを私は知っていますとお伝えしたくて……。

しかし弁明することはできませんでした。

その機会すら与えられずに、私は即日公爵家を解雇となって屋敷から追い出されました。

ぶちまけられたミネストローネの始末を最後の仕事に。

お嬢様に喜んでもらおうと丹精込めて作った野菜スープはただのゴミとなり、陶器の破片や床の埃と一緒にバケツに放り込み、お屋敷の裏庭の隅に埋めました。

そして私はお屋敷を去り、その後二度とお嬢様に会うことはありませんでした。

◆

……私は侍女ノーア。

朝、ベッドから起き上がるなり自分の心持ちに戸惑いを覚える。

「なんなの、今の夢……?」

たしかにエルトリーデお嬢様は幼少、荒れている時期があったわ。

魔法が使えない悔しさと焦りで、周囲に当たり散らした。

でもそんなのは遥か昔のことよ。今は性格も落ち着いて、思いやりと慈愛に溢《あふ》れた貴族令嬢でいらっしゃる。

エルトリーデお嬢様ほど完璧な御令嬢は、この国中を探しても見つからないほどだわ。

あんなヒトの好意をぶち壊しにするようなこと、絶対になさらない。

夢に見るにしても不遜すぎる内容だわ。エルトリーデお嬢様の専属侍女たる、この私が……。

……そうだわ。

夢見に混乱して呆《ほう》けている場合じゃなかった。侍女として朝のお勤めを果たさなくては。自分の身なりも整えなきゃだし、やることは多いし時間は少ないわ。

主人たるお嬢様に恥をかかせないためにも、侍女としてしっかり働かなければね。

そうして大急ぎで支度を整え、お嬢様の部屋へと向かう。

執事さんやコックさんらも既に起きて自分たちの仕事を始めている。

侍女である私の朝一番の仕事は、お嬢様をお起こしして一日を開始いただくこと。

エルトリーデお嬢様もまだベッドの中でまどろんでおられる……ならいいんだけれど。

部屋の前に着き、まずは軽くノックしてみる。

コンコンコン。

「入っていいわよ」

やはり……！

ドアを開けて入室すると悪い予感的中。

エルトリーデお嬢様は、昨日の衣装のまま机に向かっておられた。

「お嬢様！　また徹夜なさったのですね!?」

「ノーアが来たってことはもう朝なのね。またランプの油を激減させちゃったわ」

そんなことどうでもようございます！

ランプの油より、お嬢様が睡眠をとらない方がよほど問題ですわ！

「寝る前にキリのいいところまで処理してしまおうと思ったら、そのキリのいいところがなかなかこなくて……。ノーア、この指示書と裁定書、関係各所に送っておいて」

「お嬢様は一度やり始めたら全部終わるまで止まらないんですから、キリのいいところなんてないんですよ！」

エルトリーデお嬢様は、ここ最近こうして徹夜続きされている。

王都へ上ってから予定外に滞在が長くなって暇を持て余すと思いきや、何やら新しくやることを見つけてきて、それをこなすのに徹夜三昧。

もうこうなると止まらないお嬢様なんですから。

今は何て言いましたっけ……さいかいはつ？　とやらでお嬢様はてんやわんやしておいでだわ。

「仕方ないのよ。できるだけ迅速に着工までこぎつけたくて。計画段階でまごついてたらどこから横やりが入るかわかったものじゃないからね」

「だからと言って寝る間も惜しんでやるものではないと思います！　寝不足は美容の大敵なのですよ！　年頃の乙女が気軽にするものではありません!!」

エルトリーデお嬢様は、ご幼少からやるべきことを見つけてくるのが得意で、暇であらせられた時期なんて一日もないほどだわ。

魔法の練習をやめたとき、少しは穏やかに過ごしていただけると思っていたのに、あれからずっと忙しいばかり。

御領地でもそうして時間がある限り何でも学び、挙句の果てには騎士に交じって護身術まで修得した時は気が遠くなりかけましたわ。

お嬢様は、何故《なぜ》そうまでしてシャカリキに駆けようとなさるのかしら。

まるで、追いすがってくる安息を恐れて逃げているかのよう。

「あぐッ、あたたたたたた……。一晩中机に向かっていたから体がバキバキだわ。ノーア、肩を揉《も》んでくれないかしら？」

「はいはい畏《かしこ》まりました」

肩に触れると石のように硬い。

二十歳前後の乙女がしていい体の硬さではないわ。お嬢様は、どうしてこんなになるまでご自分を酷使なさるのかしら？

「お嬢様、一応まだ早朝の時刻ですから少しでも仮眠をとってはいかがです？　さすがに一睡もせずではお身体《からだ》に悪すぎますわ」

「うぅん……そうね一時間ぐらい寝ておこうかしら？」

本当はもっと睡眠なさってほしいところだけれど、生活リズムが乱れるのもそれはそれで問題だし……。

当家の御息女が昼夜逆転生活なんて、それはそれで外聞が悪い。

「じゃあ早速寝るから、一時間したら起こしてちょうだい」

「お待ちくださいませ。御就寝あそばすならしっかりパジャマにお着替えください」

「えー？　別に仮眠だからいいじゃない？　起きたらまた着替えるんだし余計な手間だわ」

いけません！

公爵令嬢が着替えもせずにベッドに入るなどはしたなすぎます！

「そんなずぼらさで、お嫁に行かれた時に恥ずかしい思いをするのはお嬢様なんですよ！」

「いいのよ別に……嫁に行くことなんてないんだし」

あっ……。

「差し出口でした。申し訳ありません……！」

「気にしないで。悪いのはノーアじゃなくて、この国の貴族としての水準を満たしていない私なんだから」

おどけるように微笑《ほほえ》んでみせても、そうした自嘲に至るまでにどれほどの葛藤を乗り越えてきたのか。

これほどまでにお綺麗《きれい》で、賢くて多くのことを知り、気立てがよくてお優しいお嬢様が、魔法が使えないというただ一点で嫁の貰《もら》い手《て》も見つからないなんて。

魔法の何がそんなに偉いというんでしょうか？

などと物思う間にもテキパキお着替えは進んでシュミーズ姿になったお嬢様。

こんな楽なお姿もエルトリーデお嬢様は一層キュートですわ！

「あ、そういえばノーア」

「ハイ、なんでしょう？」

「今月の求人はどうなっているかしら？　人は入っている？」

……はい。

それはもう公爵家からの募集ですもの。侍女希望の女性たちが色めき立って採用希望しておりますわ。

「じゃあ、いつも通り全員採用でお願いね」

はい……。

しかし公爵家は人不足というわけではない。

むしろ人が余っているわ。ここ上屋敷もご領地も、人員は充足して飽和状態にある。

それでもお嬢様は絶えず使用人を雇い続ける。

これはお嬢様がご領地に移り住んでから始まった悪癖で、人員が過剰すぎるためとりあえず通り一遍の仕事を叩き込んだあと余所《よそ》の御家《おうち》に紹介するという謎の現象が起こっている。

公爵家の使用人教育ももちろん一流で、そこでの経験を持った使用人は信頼できるとしてどの家からも引く手あまた。

使用人たちも『エルデンヴァルク公爵家で働けばあとの人生安泰』とこぞって募集に応じている。

おかげでウチの求人は、陰で『エルデンヴァルク使用人学校』と呼ばれているほどよ。

すべてはエルトリーデお嬢様たっての希望から実現したもので、いつぞやあまりにも気になってお嬢様に尋ねたことがあった。

どうしてそんなにも使用人を雇うのですか、と。

するとお嬢様はこう答えた。

――『もし私が変わることなく我がままでいたら、きっと多くの使用人を雇っては気に入らないと言って次々クビにしたと思うの』

――『私がしているのはその償いというか……帳尻合わせというか……要するに自己満足みたいなものね』

そんなあり得たかもしれない仮定にまで責任を持とうとするなんて。

実際お嬢様は、使用人の教育も他人任せにはせずご自分から研修の場に現れては直々に指導にあたられることもあった。しかも割と頻繁に。

お嬢様がそこまで切実なのは何故だろう。

まるであり得なかった未来に追い立てられているかのよう。

「じゃあノーア、一時間経《た》ったら起こしてね」

そう言ってベッドに入るお嬢様。

「あぁ……お布団に浸《し》み込んでいきそうだわ……！」

お嬢様が起きられるまで一時間。

その間にできることがあるわ。私は厨房へと向かった。

◆

そして一時間後。

お嬢様は起こされるまでもなく自分でベッドから出てきた。

自己管理能力が高い。そういう御方なのだわ。

「おはようございます、お嬢様。御気分いかがですか？」

「寝足りない……！　眠りが深いところで起きたから頭痛がするわ……！」

しかし寝覚めはあまりよくない。

いかに自分をコントロールするのが上手《うま》くても生理現象まで制御するのはさすがに無理なご様子。

「そうおっしゃると思いまして用意したものがございます」

そう言って、私はトレイに載ったものを差し出す。

エルトリーデお嬢様に向かって。

「それは……!?」

トレイに載ったものを確認してお嬢様は目を見張った。

ミネストローネ。

「お疲れに見えましたので。色々な野菜をじっくり煮込んだスープは消化によくて栄養満点ですわ」

「……アナタが作ったの？」

「はい、コックさんに無理を言いまして」

久々に手料理なんてしたから緊張したわ。

今朝見た夢が影響を与えている……わけではない、と思う。

敬愛するお嬢様のためにみずから腕を振るおうとするのは決して不自然なことではないはずよ。

お嬢様の専属となってから十年近く、大変なこともあったけれど侍女としてエルトリーデお嬢様に仕えることのできた日々はこの上ない幸福だった。

お嬢様ほど、誇れる主と呼ぶに相応《ふさわ》しい御方はいない。

その感謝を、忠義を形にするのにいい機会だと思った。

形にしたのが庶民風の素人料理というのも心苦しいけれど……!?

「どうぞ、お召し上がりください」

「う、うん……!?」

お嬢様は表情をこわばらせながら座ると、私も呼応してテーブルにミネストローネを置いた。

スプーンを受け取り、一掬《ひとすく》いしたスープを口に運ぶお嬢様。

「……」

大丈夫かしら？　お口に合ったかしら？

お嬢様は日ごろから市井の見学にも出られたりするから大衆食には慣れているけれど、純粋に私の料理スキルが足りないということもありうるし……。

「……ッ、……ッ！」

次の瞬間、予想だにしない出来事が起こった。

エルトリーデお嬢様が涙を流した、大粒の。

両瞳からポロポロ零《こぼ》れ落ちる雫《しずく》、それを見て私も慌てざるをえなかった。

「いッ、いかがなさいましたお嬢様⁉　もしかしてトウガラシを入れすぎてしまいましたか⁉」

そもそも入れていませんが……⁉

「ち、違う……、違うの」

お嬢様は目頭を拭う。

「泣くほど美味《おい》しかったの。ただそれだけよ」

「しかし……⁉」

「アナタの作ってくれたスープ、本当に美味しかったわ。また作ってくれるかしら？」

「もちろんです！　お嬢様が望まれれば毎日でも作って差し上げますわ！」

「毎日はちょっと……コックたちの仕事がなくなるわ」

私の素人料理でこんなにも喜んでいただけるなんて。

やはりエルトリーデお嬢様はお仕えしがいのある御方だわ。

お嬢様は幼少の経験から自己肯定感が低いけれど、これほどよくできた女性が放っておかれるわけがない。

きっともうすぐにでも良縁が舞い込んでくることでしょう。

その時が来てなお、私がエルトリーデお嬢様に仕え続けられるのかはわからないけれど。

最後まで悔いのないように、お嬢様のために働こう。

あとがき

作者の岡沢六十四です。

「死に戻りの悪役令嬢は、二度目の人生ですべてを幸せにしてみせる」をお買い上げいただきありがとうございました。

作者としては初めての悪役令嬢もので戸惑うこと不安なこともたくさんありましたが、書籍まで出させてもらい感無量です。

本作が皆様の楽しみになってくれれば幸いです。

最後に、イラスト担当してくださったＹＯＨＡＫＵ様、担当編集者様、この本の制作に関わってくれたすべての方々、そしてこの本を手に取ってくれた読者様に感謝いたします。

……あ、あと私著である「異世界で土地を買って農場を作ろう」十七巻もオーバーラップノベルス様より同時発売されていますので、こちらもよろしくお願いします！

OVERLAP NOVELS

死に戻りの悪役令嬢は、二度目の人生ですべてを幸せにしてみせる 1

発行　2024年9月25日　初版第一刷発行

著者　岡沢六十四
イラスト　YOHAKU
発行者　永田勝治
発行所　株式会社オーバーラップ
〒141-0031
東京都品川区西五反田8-1-5
校正・DTP　株式会社鷗来堂
印刷・製本　大日本印刷株式会社

Printed in Japan
ISBN　978-4-8240-0950-0 C0093

【オーバーラップ　カスタマーサポート】
電話　03-6219-0850
受付時間　10時～18時（土日祝日をのぞく）